Frida Superstar

© Franz Hamm

Martina Sahler studierte Germanistik und Anglistik in Köln und arbeitete lange als Lektorin für verschiedene Verlage, bevor sie herausfand, dass ihr das Ausdenken und Schreiben von Geschichten noch mehr Spaß macht als das Bearbeiten von Manuskripten. Seit vielen Jahren veröffentlicht sie Jugendbücher und Romane. Mit ihrer Familie und zwei Katzen lebt sie im Bergischen Land.
Mehr über sie unter www.martinasahler.de

© Tom River Photography

Heiko Wolz, Jahrgang 1977, war Buchhändler und Mitarbeiter in einem Wohnheim für Menschen mit geistiger Behinderung, bis seine Frau und die vier Kinder ihn zum Hausmann erklärten. Seine skurril-witzigen Romane und Erzählungen schreibt er nun zwischen Herd und Puppenhaus, Bügelbrett und Ritterburg. Heiko Wolz lebt mit seiner Familie, zu der auch ein Weißer Schweizer Schäferhund sowie eine Katze unbestimmter Herkunft gehören, in Unterfranken auf dem Land.

Martina Sahler • Heiko Wolz

Frida Superstar

CARLSEN

Mehr von Frida Superstar:
Frida Superstar on Stage
Frida Superstar auf Sendung
Frida Superstar im Rampenlicht
Frida Superstar im Tonstudio

MIX
Papier aus verantwortungsvollen Quellen
FSC® C083411
www.fsc.org

Veröffentlicht im Carlsen Verlag
November 2015

Umschlagbild: Tina Schulte
Umschlagtypografie: Gunta Lauck
Umschlaggestaltung: formlabor
Corporate Design Taschenbuch: bell étage
Druck und Bindung: CPI books GmbH, Leck
ISBN 978-3-551-31474-1
Printed in Germany

Und tschüss, Berlin!

Warum sind die coolsten Lieder eigentlich immer auf Englisch? Nicht dass ich kein Englisch könnte. Was *love* bedeutet, weiß ich, oder *you* oder *the end*. Beim Singen geht es aber nicht darum, dass man jedes Wort versteht, oder? Es geht um … ja, um was eigentlich? Mal nachdenken …

Ich starre aus dem Fenster meines Zimmers in den Hinterhof. Die Junisonne knallt auf die wenigen Bäume mit den schlaff herabhängenden Blättern und spiegelt sich glitzernd in den Balkonen der Wohnblocks.

Von unten dringt das Kreischen kleiner Nackedeis herauf. Ein paar Mütter haben ein Planschbecken nach draußen gestellt und sitzen schwatzend mit Erdbeerkuchen auf Papptellern drum herum.

Das ist nach Meinung vieler Leute das Beste, was man bei dieser Backofenhitze machen kann: sich irgendeine Wasserstelle suchen, um sich abzukühlen.

Ich sehe das anders. Man kann nämlich auch in seinem Zimmer bleiben, die Jalousien herunterlassen und auf die nächste Eiszeit warten.
Oder sie sich mit einer Familienpackung Stracciatella-Eis ein Stück näher holen.
Mama, Papa und mein kleiner Bruder Theo sind beim Großeinkauf.
Meine Schwester Tony, mit der ich mir das Zimmer teile, hat sich zum Telefonieren ins Klo eingeschlossen. Wie immer.
Tony heißt eigentlich Antonia. Aber kein Mensch nennt sie so. Nur Mama, wenn sie sauer auf sie ist.
Tony öffnet nicht einmal, wenn Mama ruft: „Drei Wochen Internetverbot, wenn du nicht sofort rauskommst, Antonia!“ Auch nicht, wenn jemand todesdringend pinkeln muss. So wie ich letzte Woche. Da bin ich die zehn Meter durch den Hausflur zu Pia gelaufen, meiner allerbesten Freundin, die mit ihrer Mutter auf derselben Etage wohnt.
Ein Gutes hat es, wenn Tony stundenlang ins Handy quasselt: Dann kann ich ihr Karaokeprogramm benutzen.
Ich springe auf die Füße und stelle die halb leere Eisschachtel auf meinen Schreibtisch.
Das Rollo ist so weit heruntergelassen, dass das Tages-

licht nur noch durch die Ritzen scheint. Mama würde ausflippen und mich Stubenhocker oder Schattenpflanze nennen. Ständig zählt sie mir auf, welche Mädchen aus der Nachbarschaft sie mal wieder beim Radeln zum Freibad gesehen hat. So frööööhlich sahen die alle aus.

Ich verdrehe dann die Augen und versuche schnell aus dem Dunstkreis meiner ebenso frööööhlichen Mama zu kommen, damit ich mich nicht anstecke an ihrer Frööööhlichkeit.

Fast gefällt mir Mama besser, wenn sie wieder mal über das ach so graue Berlin jammert. Sie sagt dann zwar, sie würde am liebsten mit ihren Farbeimern durchs Viertel rennen und es verschönern, aber tatsächlich hockt sie nur im Wohnzimmer und hat nicht einmal Lust, mit mir zu schimpfen oder mir alberne Vorschläge zu machen.

Aber von dieser Stimmung ist Mama zurzeit meilenweit entfernt. Das liegt daran, dass wir seit drei Monaten stinkreich sind.

Echt.

Wir haben so viel Geld wie Dagobert Duck.

Die meisten Leute flunkern nur, wenn sie so was sagen. Aber ich nicht. Ich schwöre.

Alles begann damit, dass wir an einem Freitagabend

Papas Lieblingssendung guckten. Sogar Tony war dabei, obwohl sie Quizshows normalerweise spießig findet.
Es geht in der Sendung um einen Batzen Geld, den man bekommt, wenn man 15 Fragen richtig beantwortet. Papa sagt immer „Pst" und „Ruhe jetzt mal", weil er sich auf die Fragen konzentriert. Aber es war doch Mama, die bei der 250 000-Euro-Frage wusste, dass ein gemeinsames Nachbarland von Norwegen und Nordkorea Russland ist, während der Kandidat danebenlag und leer ausging.
Wir alle starrten Mama an, die nur die Schultern zuckte. „War doch ganz leicht", sagte sie.
Nun ja, ich könnte ehrlich gesagt kaum eines der drei Länder ohne längere Suche auf dem Globus zeigen.
Papa sicher schon. Trotzdem machte er große Augen, genau wie Theo.
„Bewirb dich, Silke", sagte Papa und Theo hüpfte auf dem Sofa herum und schrie: „Wir werden Millionär!"
Tony und ich hielten uns zurück.
Erstens glaubten wir nicht, dass Mama eine Chance hatte, überhaupt ins Fernsehen zu kommen.
Zweitens hielten wir es für oberpeinlich, falls es ihr doch gelingen sollte. Alle unsere Freunde und Be-

kannten würden das mitkriegen. Bestimmt blamierte Mama sich zu Tode. Und uns gleich mit.

Tja, was soll ich sagen ... Mama bewarb sich nicht nur, sie wurde auch genommen und saß schon drei Wochen später auf dem Kandidatenstuhl.

Als bekannt wurde, dass sie zur Aufzeichnung der Sendung reisen würde, hockten Tony und ich uns vor den PC und gaben *Adoption* ein. Wir hielten es für das Beste, wenn wir mit dieser Familie nicht mehr in Verbindung gebracht wurden.

Aber das klappte nicht und wir mussten da durch.

Theo und Papa klebten mit den Nasen am Bildschirm, als die Sendung ausgestrahlt wurde.

Tony und ich saßen auf dem Sofa, jede ein Kissen in den Armen, hinter denen wir uns verstecken wollten, wenn es mit dem Fremdschämen gar nicht mehr auszuhalten sein sollte.

Aber Mama kam ziemlich cool rüber und lachte mit dem Moderator, als säße sie mit Papa am Frühstückstisch und nicht in einem Fernsehstudio mit lauter Kameras und Scheinwerfern. Sie war vorher extra beim Friseur und hatte sich neue Strähnen machen lassen, die im Studiolicht wie Sonnenreflexe schimmerten. Und sie trug ihr Lieblingsoutfit für „feine Anlässe“: Jeans, Stiefel und weiße Longbluse mit kurzer hellblauer Weste. So weit ganz in Ordnung für ihr Alter. Toll war, wie die Visagistin sie geschminkt hatte: Ihre Haut – morgens sonst verknittert – wirkte glatt und rosig wie ein Babypopo und ihre blauen Augen strahlten wie Sterne.

Aber das Beste war natürlich, dass sie am Ende 125 000 Euro mit nach Hause brachte.

Tony überlegt seitdem, ob für sie jetzt vielleicht ein USA-Aufenthalt möglich ist.

Ich fantasiere von einem neuen Computer. Mit Tonys alter Kiste, die sie mir vor einem Jahr vererbt hat, ist nichts mehr anzufangen. Wenn ich online gehen will, muss ich sie eine Stunde vorher einschalten, damit sie genügend Zeit hat, hochzufahren.

Als wir Mama feierlich unsere Wunschlisten überreichten, lächelte sie nur geheimnisvoll.

Nun, wenn das bedeutet, dass sie uns überraschen will – wir sind bereit.

Theo ist sich bis heute sicher, dass wir von dem vielen Geld eine Mondrakete kaufen. Oder ein U-Boot, um gegen gefährliche Killerkraken zu kämpfen.

Typisch Theo. Ständig hat er die verrücktesten Ideen und kein Mensch kann sie ihm ausreden.

Letzte Woche hat er mir sämtliche Eierkartons gemopst, die ich unter meinem Bett gehortet hatte. Damit

wollte ich mir einen Schallschutz für die Zimmertür machen, damit keiner mitbekommt, wenn ich singe. Ich habe mal gelesen, dass manche Musiker ihre Proberäume damit vollkleben.
Aber als ich loslegen wollte, waren die Kartons weg. Ich konnte das gar nicht fassen. Wer klaut schon so was?
Ich fand sie schließlich in Theos Zimmer. Er hat damit die Alpen nachgebaut. In die ließ er mit Krawumm seinen ferngesteuerten Hubschrauber krachen.
Natürlich war Papa stinksauer, weil dabei die Rotorblätter kaputtgegangen sind, aber irgendwie ist man von Theo ja nichts anderes gewohnt.
Einmal hat er seine Carrera-Bahn vom Schrank bis unter das Hochbett aufgestellt, nur mit Besenstielen und Kisten abgestützt. Dann hat er seinen großen Muldenkipper runtergejagt.
Papa hat geflucht, weil er den Kühlergrill nicht mit Heißkleber reparieren konnte. Aber danach hat er sich von Theo den halben Nachmittag die Konstruktion zeigen lassen.
Klar, dass Papa irgendwie stolz auf ihn ist. In seinem Architektenbüro macht er selbst ständig Pläne für Treppen, Balkone und Häuser. Keine Frage also, von wem Theo seinen Tüftel-Tick hat.

Wenn ich keinen PC bekommen sollte, hätte ich am allerliebsten einen Hund. Den wünsche ich mir schon lange. Einen Labrador oder Golden Retriever – die finde ich so niedlich. Ich würde ihm Kunststücke beibringen und vielleicht hätten wir bald einen Wunderhund?
„Die Wohnung ist zu klein. So ein Tier braucht viel Auslauf“, sagt Mama immer. „Außerdem hast du Rex.“
Na toll.
Familienkater Rex kauert seit einer halben Stunde auf meinem Herzkissen aus lila Samt und guckt mich angriffslustig an. Sein buschiger Schwanz wedelt hin und her, sein Mäulchen ähnelt dem Mund einer alten Dame mit Runzelfalten an der Oberlippe. Die Fellzeichnung über seinen gelben Augen erinnert an Brauen, die hochgezogen sind.
Ich kenne kein Tier, das so eingebildet aussieht wie Rex. Dummerweise passt das zu seinem Charakter.
Süß ist anders.
Wie soll ich singen, wenn er mich die ganze Zeit anstarrt?
„Komm, Rex. Leckerli.“ Ich reibe Zeigefinger und Daumen aneinander.
Rex streckt sich und wirft einen gierigen Blick auf mein Stracciatella-Eis.
Nichts da. Das gehört mir.

Ich schnalze mit der Zunge. Rex folgt mir gemächlich zur Tür. Da soll einer sagen, dass Katzen intelligente Tiere sind. Ein Hund hätte den Trick durchschaut, hundertpro.
Ich muss erst die Matratze wegschieben, die ich statt der Eierkartons als Schallschutz benutze, bevor ich die Tür öffnen kann. Mit dem Fuß schiebe ich Rex nach draußen – schwups.
In der Küche raschelt es, in Theos Zimmer klappert was und aus dem Klo höre ich, wie jemand sagt: „Wunderbar. Ich freue mich."
Nanu? Das ist gar nicht Tonys Stimme, sondern die von Mama. Seit wann sind die denn zurück? Und warum schließt sie sich auch beim Telefonieren ein? Wird das jetzt ein Familienritual?
„Wir kommen morgen vorbei. Auf Wiederhören."
Die Klotür fliegt auf und Mama stolpert fast über Rex, der zu seiner Futterschüssel stolziert.
„Aus und sitz", sagt Mama. Ihr Lieblingswitz, wenn es um den Kater geht. Als würde eine Katze darauf hören.
Rex dreht beleidigt ab und starrt die weiße Wand an.
Mama läuft in die Küche, juchzt und freut sich wie ein Schnitzel. Ich höre, wie sie lachend mit Papa Jimi einen Tanz aufführt.

Als ich noch im Kindergarten war, habe ich mich irgendwann darüber gewundert, warum andere Väter Andreas oder Markus, Frank oder Stefan heißen und nur meiner so einen komischen Vornamen hat. Mama hat mir erklärt, dass das an meinen Großeltern liegt. „Die waren früher ganz wilde Leutchen. Echte Hippies." Als Papa geboren wurde, standen sie beide auf einen abgedrehten Gitarristen namens Jimi. So kam Papa nach einem gigantischen Open-Air-Konzert mit Blumen und Friedensgesängen und bunten Wallekleidern zu seinem Namen.
Lustigerweise passt das kein bisschen zu seinem Temperament. Wenn mein Vater sich freut, räuspert er sich vielleicht und sagt: „Hui." Aber das ist schon ein wahrer Gefühlsausbruch. Deshalb kann ich mir seinen Gesichtsausdruck gerade sehr gut vorstellen.
Keine Ahnung, wie meine Eltern es so lange miteinander ausgehalten haben.
Mir ist das natürlich recht.
Pias Eltern beispielsweise haben sich vor ein paar Jahren scheiden lassen. Seitdem wohnt sie nur noch mit ihrer Mama zusammen. Pia hat damals lange ganz bedröppelt geguckt.
Worüber freut sich Mama bloß?
Sie strahlt mich an, als ich in die Küche komme.

Hilfe, wo ist meine Sonnenbrille?
„Familienkonferenz", sagt Mama. „Holst du bitte deine Geschwister, Frida? Wir müssen etwas Wichtiges besprechen."
Na, da bin ich aber gespannt.
Wo ist Tony abgeblieben?
Ich finde sie im Wohnzimmer auf dem Sofa mit einem Modeprospekt aus der Tageszeitung. Tony schlägt die Seiten um, dass es knallt.
„In so was passt doch kein Mensch rein", zischt sie.
Auweia. Vor einer Woche hat Tony sich wieder einmal auf Diät gesetzt. Weil sie angeblich nie etwas zum Anziehen findet. Dabei kriegt sie ihren vollgestopften Schrank kaum noch zu.
Sie knüllt den Prospekt zusammen, wirft ihn hinter sich und fixiert mich mit Mörderblick.
Kann ich etwas dafür, dass sie sich zu fett findet?
Ich richte ihr aus, dass Mama und Papa warten, und gehe zu Theo. Der bastelt mit rot glühenden Ohren in seinem Zimmer herum.
Gemeinsam spazieren wir in die Küche. Ich setze mich auf meinen Stammplatz zwischen Tony und Theo. Alles schön geordnet bei uns. Tony ist mit 15 die Älteste, ich hänge mit zwölf in der Mitte und Theo ist das Küken mit gerade mal sechs Jahren.

Mama und Papa wechseln Blicke, Mama kichert und gluckst vor sich hin.

„Ihr wisst", fängt Papa an, „dass wir uns schon länger mit dem Gedanken tragen, unsere Wohnsituation zu optimieren. Aber bisher scheiterte es an den finanziellen Ressourcen."

Hä? War das deutsch? Oder ein englischer Songtext? Strophe oder Refrain?

So gestelzt spricht Papa nur, wenn er total angespannt ist. Das muss aber wichtig sein, was Papa und Mama uns sagen wollen. Doof nur, dass ich kein Wort verstehe.

„Nicht genug Kohle für eine größere Wohnung", übersetzt Tony hilfreich. Wenigstens hat sie ihren Diätfrust für den Moment vergessen. Tonys Launen wechseln zurzeit blitzartig.

„Wir haben in den letzten Jahren ein bisschen was auf die Seite gelegt", übernimmt Mama das Ruder, „und zusammen mit meinem Gewinn aus dem Quiz kaufen wir …" Jetzt schaut sie wieder Papa an.

„… ein Haus", beenden die beiden den Satz gemeinsam.

Stille.

Ach, du Schreck … Mir wird so schwummerig, als hätte ich mit einem Haufen frööööhlicher Mädchen fünf Stunden in der prallen Sonne gelegen. Gut möglich, dass ich gleich vom Stuhl kippe. Aber das wäre blöd. Weil die dann mit Sicherheit alles eintüten, ohne dass ich widersprechen kann.

„Ein schönes großes Haus“, sagt Mama. „Rund eine Stunde mit dem Zug von hier.“

Eine Stunde entfernt. Warum kaufen sie nicht gleich ein Grundstück auf dem Mond? Oder ein schwarzes Loch hinter der Milchstraße?

„Genauer gesagt ist es eine Villa“, ergänzt Papa. „Fast schon ein Schloss.“

„Ein Schloss?“ Theo macht Augen wie Untertassen und zappelt hin und her. Dabei rempelt er mich an. Ich trete ihm gegen das Schienbein. Das merkt er aber gar nicht vor Aufregung.

„Falltüren!“, flüstert er.

Na, super. Theo ist hin und weg. Bleibt mir nur Tony als Verbündete.

Doch die strahlt plötzlich wie Mama vorhin. Noch eine Sonne in unserer Wohnung. Ihre mit schwarzem Kajal angemalten Augen funkeln. So schlimm steht es um Mama und Papa wegen der Villa, dass sie nicht einmal über Tonys Aufmachung motzen. Sie können das gar nicht leiden, wenn sie ihre Augen tuscht und bemalt, aber Tony ist das keksegal. „Habt ihr die Nachbarn schon gesehen? Haben die Kinder?“

Warum flötet sie so? Und warum interessiert es sie, ob die Nachbarn Kinder haben? Freut die sich auf einen Babysitterjob, oder was? Hier hat sie nicht einmal einen Monat lang die Zeitung ausgetragen, weil ihr die eine Stunde in der Woche zu viel war.
Dann fällt es mir ein: Tony meint Jungs in ihrem Alter. Seit sie vor zwei Wochen mit Felix Schluss gemacht hat, behauptet sie ständig, dass es in Berlin nur Vollpfosten gibt.
„Hey, Tony ...“ Ich umfasse mit beiden Händen ihren Oberarm. Es ist so wichtig, sie an meiner Seite zu haben, im Kampf gegen Mamas und Papas beknackte Idee. „Denk doch mal an Vicky. Ihr könnt euch dann gar nicht mehr täglich sehen und wart bestimmt die längste Zeit allerbeste Freundinnen. Stell dir das mal vor!“
In Wahrheit ist es so, dass ICH mir vorstelle, wie es ist, die allerbeste Freundin zu verlieren. Meine wohnt, wie gesagt, nur zehn Meter entfernt, auf derselben Etage. In Knuddelnähe.
Noch.
Pia, liebe, allerliebste Pia.
Tony macht eine wegwerfende Handbewegung. „Ach, Quatsch“, sagt sie. „Wofür gibt es Handys und Mails und Skype? Mach dich mal locker.“

„Verlies!“, sagt Theo. Er starrt auf die Tischplatte. „Haben wir ein Verlies?“
„Das Haus ist so riesig“, sagt Mama und schaut Tony und mich an, „dass jede von euch ein eigenes Zimmer bekommt.“
„Yesssss!“ Tony springt auf und umarmt Mama.
Große Klasse. Ich seufze so tief, dass ich am Tisch zusammensacke wie ein schlapper Luftballon.
Leute, tut mir das nicht an. Bitte, bitte sagt, dass das alles nur ein Witz ist. Oder klingelt gleich der Wecker und ich wache aus dem übelsten aller Albträume auf?
„Ich will nicht weg aus Berlin“, quetsche ich hervor, aber weil sich alle gerade freuen wie doof, hört mich noch nicht mal jemand.
Klar, es ist schon nervig, dass ich immer ins Wohnzimmer umsiedeln muss, wenn Tony ihre Freunde mitbringt, denn natürlich ist sie als Größere die Bestimmerin. Aber trotzdem …
Mit wem soll ich kuscheln, wenn ich mies drauf bin? Mein Schmuse-Elefant liegt zwar noch bei mir im Bett, aber nur für den Notfall. Außerdem ist es viel gemütlicher, zu Tony zu krabbeln und mich an sie zu schmiegen.
In der Villa wird sie bestimmt ihr Zimmer abschließen. So wie hier das Klo. Und ich stehe dumm davor.

Rex stolziert in die Küche und hüpft Mama auf die Beine. An seinen Barthaaren hängen Tropfen von geschmolzenem Stracciatella-Eis.
Mama krault ihn. „Na, kleiner König? Bald bist du kein armer Stubentiger mehr, sondern kannst in einem herrlichen Garten auf Mäusejagd gehen."
Rex schnurrt. So viel zum Thema Verbündete. Hat der schon vergessen, dass ich vorhin kurz davor war, ihm ein Leckerli zu geben? Elender Verräter.
Kriegt denn tatsächlich niemand mit, was hier passiert? Mama und Papa wollen fortziehen. F-O-R-T. Weg. Bye-bye. *Und tschüss, Berlin.*
Kein Bäcker an der Straßenecke, bei dem ich jeden Samstag die Frühstücksbrötchen hole.
Kein Hinterhof, der öde, aber vielleicht doch nicht sooo öde ist.
Keine Schule, die ich seit der ersten Klasse kenne.
Und vor allem: keine beste Freundin Pia.
„Ketten!", ruft Theo. „Rasselnde Ketten. Für die Gefangenen."
Alle lachen und quatschen durcheinander.
Nur ich sitze da und kann es nicht fassen.
Keiner beachtet mich.
So ist das, wenn man Geschwister hat.
Manchmal ist es praktisch, wenn die eigenen Eltern

nicht alles von einem mitkriegen. Bei Einzelkindern ist das anders. Das weiß ich von Pia. Ihrer Mutter entgeht nichts. Wenn Pia niest, fühlt ihre Mama gleich ihre Stirn.

Das fände ich auch nicht so toll, aber manchmal wäre es doch nett, wenn mich jemand wenigstens mal nach meiner Meinung fragen würde.

Mir schießen die Tränen in die Augen, aber weinen wie ein Baby will ich auch nicht.

Pia. Ich muss mit Pia reden. Die kommt oft auf die verrücktesten Ideen – deswegen ist sie ja meine beste Freundin. Vielleicht fällt ihr etwas ein, womit wir die Katastrophe verhindern können?

„Ich bin dann mal weg“, sage ich.

Mama ruft mir hinterher und will mich zurückpfeifen, als ich aufspringe und zur Haustür düse, aber mir reicht es für heute.

Ich brauche Ruhe.

Und ich brauche einen Plan.

Das soll eine Villa sein?

Unser Auto hüpft über Schlaglöcher, die nur durch ein paar Zentimeter heiler Straße voneinander getrennt sind. Wo fahren wir bloß hin?
Papa am Steuer spricht: „Natürlich gibt es dem Alter entsprechende Abnutzungserscheinungen. Aber die Substanz ist solide und uns steht eine immense Wohnfläche zur Verfügung. Beinahe feudal, würde ich meinen."
Schon wieder Papas Fachchinesisch.
Ich schaue an Theo in seinem Kindersitz vorbei zu Tony und hebe fragend die Schultern.
„Unser neues Haus ist ein geiler alter Kasten", übersetzt sie.
Wir passieren goldgelbe Felder. Knorrige alte Bäume stehen dazwischen.
„Birkensee." Mama deutet auf ein Straßenschild. „Noch fünf Kilometer."

Sie seufzt. Gleich schüttelt sie wieder fassungslos den Kopf wegen der tollen Faaarben im Sonnenlicht und weil alles hier so malerisch ist.
Wenn es nur um das Gelb ginge, hätte sie sich auch in Berlin im Supermarkt umschauen können. Da gibt es Bananen und Käse. Aber wir müssen ja gleich umziehen – keine zwei Wochen nachdem Mama und Papa uns in ihre Pläne eingeweiht haben.
Die Sommerferien sind gerade mal halb herum und ich muss mich mit dem Gedanken abfinden, im neuen Schuljahr nicht nur neue Lehrer zu bekommen, sondern auch neue Klassenkameraden, ein neues Zuhause, ein komplett neues Leben.
„Never ever", hat Pia gesagt, als ich die Bombe habe platzen lassen. „Ich könnte niemals aufs Land. Es stinkt nach Kuhmist und die Eltern bringen ihre Kinder mit dem Traktor zur Schule, weil es keine U-Bahn gibt."
Dann haben wir erst einmal eine Runde geheult. Keine von uns mochte sich vorstellen, dass wir uns nicht mehr jeden Tag sehen. Ich habe geweint, weil ich Pia so sehr vermissen werde, und auch ein bisschen, weil ich Angst hatte, sie könnte Recht haben mit dem, was sie für Landleben hält.
Gut, Kühe habe ich noch keine gesehen und bisher

sind wir nur einem einzigen Traktor begegnet. In den wäre Papa aber beinahe reingefahren, weil Mama ihm gerade wieder einmal das Bein getätschelt und zum tausendsten Mal gesagt hat, dass die Entscheidung richtig war, den Job im Architekturbüro an den Nagel zu hängen.

Ob ein Beinahe-Unfall mit einem Traktor ein böses Omen ist? Das muss ich gleich mit Pia bequatschen, wenn wir da sind. Pia und ich sind zum Chatten verabredet. Wenigstens das.

Sorgen, dass mein PC nicht rechtzeitig hochfährt, brauche ich mir zum Glück nicht mehr zu machen: Vorgestern hat Papa Tonys alten Computer zum Elektroschrott gebracht und ist mit einem nagelneuen Laptop für mich zurückgekommen. Der Hammer. Skypen und Chatten bis zum Abwinken!

Aber ich hätte mich lieber noch zehn Jahre lang über den alten PC geärgert, wenn wir dafür bloß in Berlin geblieben wären.

„Da ist es. Fahr langsamer, Jimi!“, ruft Mama.

Wir überqueren einen Hügel. Ich beuge mich zur Seite, um an Papa vorbeisehen zu können.

Die Felder fallen sanft ab und gehen in erbsengrüne Wiesen über, die bis zu einem Waldstück reichen. Davor liegt funkelnd der Birkensee, von dem aus sich

die kleine Stadt erstreckt. Ich entdecke den Bahnhof und eine Reihe Hochhäuser, die wie Schuhkartons am Rand des Orts aufgestellt sind.
So ländlich sieht es gar nicht aus.
Wir erreichen die ersten Häuser und kommen an einer Tankstelle vorbei.
Theo stopft die Einzelteile eines Playmobil-Cowboys hinter die Rückenlehne des Kindersitzes und schaut mit großen Augen nach vorn. Sogar Tony drückt Nase und Stirn an die Fensterscheibe.
Dabei müsste doch ich aufgeregt sein. Ich bin die Einzige, die noch nicht hier war.
Zwar wollten Mama und Papa mich beim ersten Besuch in dem Kaff dabeihaben, aber mir war es wichtiger, jede freie Minute der letzten Tage mit Pia zu verbringen.
Und ein bisschen trotzig war ich auch.
Aber heute gab es keine Ausreden mehr.
Ich bemühe mich, gelangweilt auszusehen, obwohl ich angespannter bin als vor jeder Mathearbeit.
Papa setzt den Blinker und biegt in den Bussardweg ein. In den Vorgärten stehen urige alte Bäume, die Häuser liegen etwas versteckt von der Straße weg.
Wir werden langsamer und bleiben stehen.
„Da wären wir." Mama springt aus dem Wagen.

Seid ihr sicher? Wollt ihr nicht noch einmal die Adresse checken?

Auch Papa steigt aus. Mama und er stellen sich Händchen haltend vor das Gartentor. Tony schlurft zu ihnen. Theo zappelt herum, als liefen ihm Ameisen über Arme und Beine. Nur ich bleibe sitzen. War nicht die Rede von einer Villa?

„Was man damit alles anstellen kann", höre ich Mama draußen sagen.

Viel.

„Abreißen zum Beispiel. Oder als Kulisse für einen Horrorfilm verwenden", maule ich aus dem Auto heraus, laut genug, dass es jeder hört. Die anderen lachen, als hätte ich einen Witz gemacht.

Habt ihr sie noch alle? Das ist keine Villa, sondern eine Bruchbude!

Durch den Putz ziehen sich abgrundtiefe Risse. Die Fenster sind so dreckig, dass drinnen bestimmt stockfinstere Nacht herrscht. Und dieses Türmchen! Sieht das nur deshalb so schräg aus, weil ich immer noch im Auto sitze und mir den Hals verrenke? Oder wird es mich erschlagen, wenn ich aussteige?

Frida aus Berlin – dem Traktor entkommen, aber einem zu groß geratenen Schornstein zum Opfer gefallen. Super.

Papa öffnet den Kofferraum.
„Alle mit anpacken. Heute Nacht machen wir es uns gemütlich.“ Er zerrt die selbstaufblasenden Luftmatratzen heraus und drückt sie Tony in die Arme. „Morgen kommt der Möbelwagen, dann hat jeder wieder sein eigenes Bett.“
„Schlüssel?“ Tony hält die Hand auf.
„Die Haustür ist verzogen“, sagt Mama und kramt die Schlafsäcke aus dem Kofferraum. „Du musst nur fest drücken. Wir werden ein neues Schloss brauchen.“
Wir sollen in einer wildfremden Stadt in einem baufälligen Haus übernachten, das man nicht einmal abschließen kann? Ich sage es ja: Horrorfilm. Und ich mittendrin.
Es ist alles noch viel schlimmer, als ich gedacht habe.
Hilfe, Pia!
Ich steige aus und laufe um den Wagen herum. Papa will mir meinen Schlafsack geben, aber ich dränge mich an ihm vorbei und wühle zwischen den Koffern und Kisten.
Wo ist bloß die Tasche mit meinem neuen Laptop?
Kater Rex faucht, als ich ihn im Katzenkorb zur Seite schiebe.
Endlich finde ich meine Tasche und will Tony damit zum Haus folgen.

„Ich habe Pia versprochen mich gleich zu melden, wenn wir angekommen sind“, sage ich zu Mama und Papa.

Mama schüttelt den Kopf.

„Das Telefon wird erst in den nächsten Tagen angeschlossen, Fridalein. Du musst noch ein bisschen warten, bevor du online gehen kannst.“

Ich bleibe wie angewurzelt auf dem Weg zum Haus stehen. Knirscht der Kies unter meinen Füßen oder sind das meine Zähne?

„Bis dahin ist bestimmt auch der Strom freigeschaltet“, sagt Papa und hält die uralte Gaslampe hoch, die wir zum letzten Mal vor drei Jahren beim Camping an der Ostsee benutzt haben.

„Ich will nach Hause“, presse ich zwischen zusammengebissenen Zähnen hervor und stampfe mit dem Fuß auf.

Nur weg von dieser stromlosen, internetlosen und türlosen Ruine hinter mir.

Ich will zurück nach Berlin, und zwar sofort.

Mama und Papa kommen breit grinsend an mir vorbei wie zwei verliebte Teenager im Ferienlager.

Theo setzt seine Stirnlampe auf und leuchtet mir mit den Neonstrahlern in die Augen.

Manchmal wünsche ich mir, so groß zu sein wie ein

Elefant. Da würden die Wände wackeln, wenn man aufstampft. Oder das Türmchen würde vom Dach fallen, und das könnten Mama und Papa nicht einfach übersehen, so wie mich ständig.
Papa hilft Tony, die Tür aufzustemmen. Ich will gerade noch einmal protestieren, da rattert es hinter uns. Reifen quietschen, zwei Türen knallen.
„Omi, Opi!“ Theo hat sich als Erster umgedreht und stürmt zur Straße.
Dort stehen tatsächlich Oma Meggie und Opa Rainer neben ihrem klapprigen VW-Bus und winken herüber. Die Stoßstange sieht aus wie ein lachender Mund, die runden Scheinwerfer wie Augen. Ursprünglich war der Bus rot, aber inzwischen hat er eine blaue Tür und einen gelben Kotflügel. Der Wagen gehört zu meinen Großeltern, seit ich auf der Welt bin. In einem ganz normalen Auto könnte ich sie mir gar nicht vorstellen.
Opa Rainer fängt Theo auf und wirbelt ihn durch die Luft. Theo quiekt, als säße er auf dem Jahrmarkt im Kettenkarussell.
Opa ist noch einen halben Kopf größer als Papa und schon der muss sich bei den meisten Türen bücken, damit er nicht dagegenstößt. Opa setzt Theo ab und streift sich seine langen grauen Locken über die Schultern zurück. Er trägt das, was er meistens trägt: Jeans,

Sandalen und ein graues T-Shirt. Manchmal schlingt er sich auch noch ein Fransentuch um den Hals.
Auch Tony ist inzwischen auf die Straße gelaufen und lässt sich von Oma Meggie durchknuddeln.
„Oma!"
„Antonia!" Oma schiebt Tony entrüstet von sich. „Nicht doch. Oma klingt so schrecklich alt."
Das ewige Thema: Die beiden wollen lieber bei ihren Vornamen genannt werden. Darüber, dass Theo hin und wieder ein *Omi* und *Opi* rausrutscht, sehen sie weg. Aber wehe, wenn Tony oder ich sie so nennen. Dann spielen sie die Beleidigten. Für genau zwei Sekunden. Länger können sie uns gar nicht böse sein. Deshalb wird Tony gleich noch einmal von dem quietschbunten Batikkleid fast verschluckt, das Oma anhat.
Fröhlich quatschend kommen die vier in den Garten.
„Eurer Reiseplanung zufolge solltet ihr gerade in Bari auf der Fähre einchecken", sagt Papa zur Begrüßung.
Den Satz verstehe sogar ich. *Wieso seid ihr hier,* will Papa wissen, *und nicht unterwegs nach Griechenland?* Das hatten Oma und Opa nämlich vor.
Seit Opa in Rente ist und sich nicht mehr als Sozialarbeiter um Jugendliche auf der Straße kümmert, hat er davon geträumt, ein halbes Jahr mit dem Bus durch Griechenland zu tuckern. Für den Anfang. Irgend-

wann wollen er und Oma wieder eine Tour nach Indien machen. Wie damals in den 60ern, als sie sich kennengelernt haben.
Papa räuspert sich, weil ihm niemand antwortet. „Also?“
„Die Akropolis läuft uns nicht weg“, sagt Opa. „Aber ich muss doch dabei sein, wenn mein Sohnemann zum Hauseigentümer wird.“ Er stemmt die Hände in die Hüften und schaut an der Ruine nach oben. Er kneift die Augen zusammen. „Brauche ich eine Brille oder fällt das Türmchen jeden Moment in sich zusammen?“
Zum ersten Mal an diesem ganz und gar üblen Tag spricht jemand außer mir Klartext.
„Was ihr alles mit dem Geld hättet machen können!“, fährt Opa fort.
Meine Rede.
Ewig in Berlin wohnen bleiben, zum Beispiel.
Tony hätte ihren USA-Aufenthalt bekommen und Theo meinetwegen ein U-Boot, mit dem er den ganzen Sommer im Freibad auf Krakensuche hätte gehen können.
„Ein Schiff hättet ihr kaufen können“, sagt Opa.
Hä? Woher weiß der von Theos verrückten Träumen?
„Nordsee, Atlantischer Ozean, Karibik. Die Welt mit

dem Segelboot erkunden. Das würdet ihr euer Leben lang nicht vergessen."

Gut, der Vorschlag ist auch irgendwie panne. Nicht nur, dass Papa schon Probleme hätte, mit dem Tretboot über die Spree zu schippern. Auch dass Mama, Papa, Tony, Theo und ich länger als drei Stunden auf engstem Raum zusammenhocken sollen – Hölle.

„Wir haben es ja gar nicht richtig gekauft." Papa klingt wie Theo, wenn der behauptet seine Hände gewaschen zu haben, obwohl ihm noch der Papierkleister an den Fingern pappt.

Opa schaut ihn fragend an.

„Also schon irgendwie", druckst Papa herum. „Aber nicht für immer."

Was denn nun? Bis auf Mama schauen alle ihn fragend an.

„Wir werden das Objekt eigenständig wohnungstechnisch optimieren."

Jetzt hört er sich wieder an wie ein Professor. Stress, Papa?

„Wir müssen selbst schuften?" Begeistert klingt Tony nicht. Mama legt ihr besänftigend die Hand auf die Schulter.

„Papa und ich werden das machen", erklärt sie. „Wir sind natürlich über jede Hilfe froh. Aber Pflicht ist es nicht. Tja, und dann …“ Sie schaut Papa an. „… werden wir es wieder verkaufen. Wenn das funktioniert, sehen wir uns nach einem neuen Haus um, das wir herrichten können. Davon wollen wir in Zukunft leben.“

Wie jetzt?

„Sehr kapitalistisch“, sagt Opa und zieht eine Augenbraue hoch.

Genau.

So richtig weiß ich allerdings nicht, was *kapitalistisch* bedeutet. Irgendwas hat es damit zu tun, dass Geld den Leuten wichtiger ist als die Menschen, glaube ich. Das passt. Mama und Papa ist es doch auch egal, wie es Tony, Theo und mir dabei geht.

„Krass“, sagt Tony begeistert.

Ich fasse es nicht. Die malt sich doch nur aus, dass sie alle naselang neue Jungs kennenlernt. Und Theo? So, wie seine Augen funkeln, träumt der schon wieder von Geheimgängen und Falltüren.

Und was ist mit mir?

„Dann hoffe ich, dass in Sibirien kein Haus verkauft wird“, sage ich und stapfe davon.

Ich gehe um die Bruchbude herum in den Garten und bahne mir einen Weg durch das trockene kniehohe Gras. Irgendwo sehe ich ein Mäuerchen aus dem Gestrüpp ragen und hocke mich drauf.

Meine Augen füllen sich mit Tränen.
Wird heulen jetzt meine Lieblingsbeschäftigung?
Ich höre Schritte.
Oma Meggie setzt sich neben mich. Sie sagt gar nichts und streichelt mir den Rücken. Ich kann die Tränen nicht mehr zurückhalten. Ich schluchze wie ein Baby, kuschele mich an sie und rieche die vertraute Mischung aus Räucherstäbchen und Leberwurst. Opa hält ihr jedes Mal einen Vortrag über die armen Tiere, die dafür sterben müssen, trotzdem mag Oma nicht auf ihre geliebte Wurst verzichten.
An der Straße knallt die Tür vom Bus. Der Motor springt knatternd wie ein Rasenmäher an. Theo gibt widersprüchliche Anweisungen – „schnell hierher, aber langsam!“
Das Rattern kommt näher. Opa biegt mit dem Bus um die Hausecke und kämpft sich durch das Steppengras zu einer nicht so stark bewachsenen Stelle zwischen zwei Kiefern vor. Er rangiert herum wie auf dem Campingplatz und nickt dann zufrieden.
„Der Bus muss gerade stehen“, flüstert Oma mir zu. „Sonst läuft uns beim Schlafen das Blut in den Kopf. Nach einer Woche würden wir aussehen wie eine Ampel, die auf Stopp steht.“
Eine Woche?

„Mindestens“, sagt Oma lächelnd, als hätte sie meine Gedanken gelesen. „Oder zwei. Drei? So lange du uns brauchst, mein Butterblümchen.“

Wenn Oma sich Kosenamen für uns einfallen lässt, macht mir das gar nichts aus. Anders als bei Mama.

Es sind aber auch die besten Nachrichten heute: Oma und Opa bleiben!

Mama und Papa scheinen davon nicht ganz so begeistert zu sein wie ich. Sie diskutieren flüsternd und schütteln schließlich die Köpfe. Das hatten sie sich wohl anders vorgestellt. Jetzt müssen sie sich jeden Tag von Opa und Oma anhören, wie spießig ein Hauskauf ist und wie unfair es uns gegenüber wäre, ständig irgendwo anders hinzuziehen.

Ob doch noch nicht alles verloren ist?

Sollen Mama und Papa ruhig die Villa in Schuss bringen. Vielleicht können Opa und Oma sie währenddessen davon überzeugen, danach wieder nach Berlin zu ziehen.

Pia, allerliebste Pia, vielleicht sehen wir uns bald wieder.

Ich wische mir die Tränen ab.

Oma zieht mich zum Camper. Theo klettert zu Opa auf den Fahrersitz und steuert das Raumschiff durch einen gefährlichen Asteroidenschwarm.

Der Bus wackelt, als ich hinter Oma in das Innere steige. Hier ist es gemütlich wie in einer Höhle. Überall liegen bunte Kissen herum. Es riecht nach Vanille und Äpfeln.
„Hilfst du mir?“, fragt Oma mich. „Wenn ich das richtig sehe, hättet ihr ohne uns kalt essen müssen.“ Sie holt einen Topf aus dem Einbauschrank unter dem Gasherd, lässt Wasser einlaufen und stellt ihn dann auf den kleinen Kocher.
„Spaghetti?“, fragt sie.
„Sind aber aus Vollkorn“, schaltet Opa sich von vorn aus den unendlichen Weiten des Weltraums ein.
„Egal.“ Heute könnten sie mir sogar Tofu vorsetzen. Es tut so gut, dass sie da sind. Da würde ich alles essen.
Oma reicht mir Paprika – „vom Biobauern“ – und ich rutsche auf die mit Blümchencord gepolsterte Bank hinter den Fahrersitzen an den Tisch und fange an zu schnippeln. Mir gegenüber gibt es noch eine zweite Bank, dahinter ein großer Schrank und das Bad. Das besteht eigentlich nur aus einem Plastikklo und einem Puppenstuben-Waschbecken. Aber für unterwegs reicht das so. Kühlschrank, Heizung, alles da. Und im Hochdach ist jede Menge Platz zum Schlafen.
Oma bemerkt meinen Blick.
„Wir können auch die Sitzgruppe zum Bett machen“,

sagt sie. „Dann hätten wir zwei Schlafplätze mehr. Na, hat jemand Lust?“

„Ohne mich“, sagt Tony, die mit Mama und Papa in den Bus hineinlugt. Kater Rex, den Mama aus dem Korb gelassen haben muss, setzt die Pfoten auf die Stiege, schnüffelt, dreht ab und verschwindet im hohen Gras. Tony schüttelt immer noch den Kopf: „Ich warte doch nicht fünfzehn Jahre auf ein eigenes Zimmer und penne dann woanders!“

Theo ist augenblicklich wieder auf der Erde.

„Ich, ich, ich!“, ruft er und hangelt sich nach oben.

Oma nickt Opa zu. Der seufzt, grinst aber und klettert Theo umständlich nach. Ich kriege beinahe sein Knie ins Gesicht, aber dann hat er es geschafft und fordert Theo auf, das Cockpit für die Reise zum Mars herzurichten.

„Und was mache ich jetzt so ganz allein?“, fragt Oma. „Ich werde mich schrecklich einsam fühlen in der Nacht.“

„Das geht natürlich nicht“, sage ich.

„Nein, wirklich nicht.“ Oma kichert.

Ich kichere auch.

„Wenn du unbedingt willst“, sage ich gönnerhaft und kann mir das Lachen kaum verkneifen, „könnte ich ja …“

„Das würdest du machen?“

Oma fällt mir um den Hals und damit ist die Sache klar: Ich muss meine erste Nacht in Birkensee nicht im Gruselhaus verbringen, sondern kann gemütlich mit Oma Meggie im Auto kuscheln.

„Lass uns schon mal alles bereit machen, Schnuffelschnäuzchen“, sagt Oma und nimmt eine Tasche von der Bank.

Sie schiebt sie ins Regal über mir.

Die sieht ja genauso aus wie meine Laptop-Tasche.

Ich schaue sie mir genauer an. Tatsächlich, da steckt ein Notebook drin. Und noch etwas.

„Ist das …?“, frage ich aufgeregt.

„Wir haben doch versprochen uns regelmäßig von unterwegs zu melden“, sagt Oma. „Weil wir nicht andauernd ein Internetcafé suchen wollen, haben wir so einen Stick gekauft. Ein dolles Ding. Mit dem kann man jederzeit …“

„… online gehen“, stoße ich aus. „Darf ich? Wir haben noch kein Telefon und ich habe Pia versprochen, sofort …“

„Mach nur, Hasenzähnchen“, sagt Oma, räumt den Tisch ab und klappt ihn herunter. Dann puzzelt sie mit den Sitz- und Rückenpolstern eine Matratze zusammen. Betttuch drüber, fertig.

Ich klettere mit dem Laptop nach vorn auf den Beifahrersitz.
Der Computer fährt schnell hoch. Der Stick will gleich eine Verbindung zum Internet herstellen.
„Passwort?“, frage ich über die Schulter.
„Love_and_peace“, antworten Oma und Opa gleichzeitig.
Ich tippe es ein.
Juhu, es funktioniert.
Ich gehe auf meine Kontaktseite. Es dauert ein wenig länger als gewohnt, aber endlich zeigt sie die Liste meiner Freunde an. Hinter denen, die online sind, steht ein grüner Punkt. Ich scrolle runter.
Leonie.
Nina.
Olivia.
Pia.
Ich juchze vor Freude und klicke ihr Bild an. Das Fenster zum Chatten ploppt auf und meine Finger sausen über die Tasten: „Hi, Pia. So schön, dass du on bist. Du glaubst nicht, was hier los ist!“

Ein Huhn und ein Schweinchen

Das sind die ätzendsten Sommerferien meines Lebens. Schlimmer war es noch nie und schlimmer kann es nicht mehr werden.
Es vergeht kein Tag, an dem ich mir nicht stündlich wünsche wieder zurück in Berlin zu sein. Von morgens bis abends hämmern und bohren Mama und Papa, telefonieren mit Handwerkern, räumen Kisten um oder aus und machen dabei Gesichter wie im Urlaub.
Dabei haben wir erst eine Woche nach unserem Einzug Strom bekommen, weil etwas mit den Leitungen nicht gestimmt hat und eine Firma den halben Garten aufgraben musste, um neue Kabel in den Keller zu legen.
Jetzt sieht es rund ums Haus aus wie auf dem Mond. Überall Krater. Theo hält mir andauernd Krabbelkäfer vor die Nase, die angeblich außerirdisch sind. Aller-

dings sind die noch lange nicht so eklig wie die Mäuse, die Rex ins Haus schleppt und verteilt. Neulich habe ich eine in meinem Schuh gefunden.

„Das sind Geschenke an uns“, meint Mama. „So zeigen Katzen, dass sie sich wohlfühlen.“

Ich glaube eher, Rex will sich auf diese Weise dafür rächen, dass er in seinem Alter auf das gemütliche Leben in der Stadtwohnung verzichten muss.

Inzwischen habe ich meine Einzelzelle bezogen. Die Wände sind kahl, die Umzugskartons stehen gestapelt in der Ecke, meine gebrauchten Klamotten liegen auf einem Berg auf dem Boden.

Ich schlafe auf einer Matratze, weil – selbstverständlich – mein Bett noch nicht aufgebaut ist. Viel wichtiger ist es ja, außen den Putz von der Hauswand zu klopfen, damit die Baufirma so bald wie möglich anrücken und der Ruine einen neuen Anstrich verpassen kann.

Nur meinen Schmuse-Ele habe ich aus den braunen Kisten herausgekramt, auf denen mit Filzstift „Frida“ steht. Ele sieht ziemlich verloren aus auf der Decke und fühlt sich wahrscheinlich genauso einsam wie ich.

Manchmal schleiche ich zu Tony, die – selbstverständlich – das größere Zimmer hat. Gemütlicher ist es da auch.

„Das liegt daran, dass ich mich kümmere, und du hängst nur rum und wartest, dass es von allein besser wird", behauptet Tony.
So falsch liegt sie damit nicht.
Tony hat eigenhändig Gardinen aufgehängt, durchscheinende, künstlich geknitterte in Pastellgelb. Eine der Wände wollte sie schwarz streichen, aber Papa war dagegen und hat sich durchgesetzt. Das Schwarz schlucke alles Licht und mache das Zimmer kalt. Geeinigt haben sie sich auf ein dunkles Lila. An dieser Wand steht Tonys Schminktisch, ein alter Schreibtisch, den sie selbst regenbogenbunt bemalt hat. Eine weiße Büste aus Gips – ein Werk aus dem Kunstunterricht – trägt Tonys Lieblingshut und passt auf ihre Ketten auf. An der Wand dahinter blinken Spiegelfliesen, die Tony versetzt angeklebt hat. Dazwischen pappen Bilder von ihr, Vicky und irgendwelchen Typen. Ein paar Fotos von unserer family hängen auch da. Auf den meisten schaue ich dämlich in die Kamera. Die schlimmsten sind natürlich die, auf denen ich mitgekriegt habe, dass jemand mich fotografiert, und für die ich mich extra angestrengt habe *nicht* dämlich zu gucken.
Tonys Bett ist ein Traum in Flieder und Schwarz, ein abgefahrenes Teil mit Metallstäben. Darüber hängt ein lila Moskitonetz wie ein Himmel.

Habe ich mich gerade darüber beschwert, dass mein Bett noch nicht aufgebaut ist? Vielleicht ist das besser so. Meins ist nämlich das alte Hochbett, bei dem Papa die Beine abgesägt hat. Am Kopfende kleben Lillifee-Aufkleber, die ich nicht mehr abkriege.
Ich will auch so ein Bett wie Tony.
An der Wand gegenüber dem Schminktisch hat sie ein Fischernetz aufgehängt, in das sie Muscheln, Seesterne und Glitzerfische drapiert hat.
Ich will auch so ein Fischernetz wie Tony.
„Pack doch erst einmal deine Kisten aus", antwortet Tony, wenn ich mich beschwere. „Das wäre schon mal ein Anfang, oder?"
Ich habe keinen Bock dazu. Und überhaupt. Ich will mich hier nicht einrichten, als würden wir länger bleiben.
Ich will zurück.
Und deshalb lege ich mich lieber auf meine Matratze, die Stöpsel des iPods in den Ohren, und warte, dass etwas passiert. Nur was?
Manchmal singe ich mit, weil das meinen Kopf so frei zaubert, als würde ich schweben. Manchmal singe ich auch nur so vor mich hin, übe ein paar Tonfolgen, aber nur unterdrückt, denn die Wände hier sind hellhörig. Wenn ich kräftig singen würde, stünden alle in

der Tür: Mama verärgert, Tony genervt, Papa verwirrt und Theo verzückt.
Theo ist der Einzige, der findet, dass ich eine schöne Stimme habe. Behauptet er zumindest. Aber wahrscheinlich ist das genauso wahr wie das Krokodil, das laut Theo im Heizungskeller wohnt und sein bester Freund geworden ist.
Ich muss mir etwas einfallen lassen, damit ich ungestört proben kann. Entweder versuche ich es noch einmal mit den Eierkartons oder ich schaue mich auf dem Dachboden um, ob man sich da nicht ein Eckchen einrichten kann. Notfalls gehe ich in den Wald oder unter eine Autobahnbrücke.
Mit jeder Nacht, die ich in dem Gruselhaus verbringe, rückt zu allem Überfluss der erste Schultag näher.
Mir dreht sich der Magen um, wenn ich daran denke. So viele neue Gesichter, fremde Lehrer ...
Wie werden die mich aufnehmen? Will ich überhaupt aufgenommen werden? Ist es nicht besser, darauf zu hoffen, dass keiner mich anquatscht?
Ich habe bereits ein Zuhause, ich habe einen Freundeskreis und ich habe eine beste Freundin.
Ich will das alles nicht verlieren.
Aber wie es aussieht, ist das bereits geschehen und ich hocke da wie aus dem Nest gekullert.

Inmitten meiner Familie, inmitten dieses verwinkelten, baufälligen Hauses, inmitten dieser kleinen Stadt. Ich bin das einsamste Mädchen der Welt.
Nur wenn Oma Meggie mich in die Arme nimmt und an sich drückt, vergesse ich für ein paar Minuten mein Elend und genieße ihre Wärme und ihren Trost. Aber helfen kann sie mir letzten Endes auch nicht.
Ein paarmal hat Papa mit seinem Schlagbohrer so viel Krach veranstaltet, dass an Musikhören nicht zu denken war. Ich bin dann geflüchtet und kreuz und quer durch Birkensee gelatscht.
Nach Berlin kommt es mir hier vor wie in einem Spielzeugdorf. Unsere Straße ist eine verkehrsberuhigte, wo am Nachmittag Dutzende Kinder draußen spielen und Erwachsene auf Bänken vor ihren Häusern sitzen oder zum Quasseln zusammenstehen. Und alle grinsen. Unsere direkten Nachbarn links und rechts habe ich bisher noch nicht gesehen. Die Grundstücke sind groß genug, dass die Leute offenbar von dem Höllenlärm kaum etwas mitbekommen. Sie selbst sind ganz unauffällig – kein Wunder, ihre aufgemotzten Villen sind tadellos in Schuss.
Es gibt hier eine Einkaufspassage, die vollkommen unverdient „City“ genannt wird. Es ist ein Marktplatz mit einem Brunnen und drum herum befinden sich ein

paar Geschäfte, Modeboutiquen für Dicke, ein Anglergeschäft und so was.
Zwei Minuten von unserer Villa entfernt liegt ein Kiosk, in dem man Zeitungen, Süßigkeiten, Getränke und morgens Brötchen kaufen kann. Obwohl ich schon öfter Lust auf eine Tüte Lakritzschnecken und Fruchtkracher hatte, traue ich mich da nicht hin – meistens stehen Jugendliche in schwarzen Lederjacken und mit fetten Biker-Stiefeln davor. Voll unheimlich.
Am schönsten ist das Strandbad am Birkensee, das muss ich mal zugeben. So ein tolles Freibad hatten wir in Berlin nicht. Gut, ich war auch nicht allzu oft dort. Aber hier ist es ein sauberer See mit Plätscherwellen, die Wiese davor weit gestreckt, samtig und tiefgrün. Dort könnte man glatt einen Werbespot für Bio-Waschmittel oder Öko-Klopapier drehen, so idyllisch sieht das aus. Man kann Liegestühle und Sonnenschirme mieten oder sich einfach mit seinem Handtuch hinlegen.

Am Morgen des ersten Schultages kriege ich keinen Bissen herunter. Mama packt mir die doppelte Portion Nutella-Brote ein, weil sie meint, in der Schule würde mir der Magen knurren und die Konzentration den Bach runtergehen. Ich habe das Gefühl, dass ich an diesem Tag überhaupt nichts mehr essen kann. Mein Magen ist wie zugeschnürt.

Tony dagegen haut sich zwei Schüsseln Cornflakes rein. Theo hockt noch im Frottee-Schlafanzug am Frühstückstisch und schlürft heißen Kakao aus seiner Spongebob-Tasse. Ein Schokomilchbart hat sich auf seiner Oberlippe gebildet. Die Haare stehen ihm zerrauft vom Kopf ab. Er hat heute noch Schonzeit – die Einschulung der Erstklässler ist erst morgen. Für Tony und mich jedoch wird es jetzt allerhöchste Zeit.

Tony tänzelt zur Tür. „Tschüssi." Klar, die fiebert ihrer neuen Klasse entgegen.

Ich weiß, dass sie im Seitenfach ihrer Umhängetasche Schminkzeug versteckt hat. Hinter der nächsten Biegung wird sie garantiert den kleinen Handspiegel herauskramen und sich die Augen extra dick schwarz umranden. Smokey eyes nennt sich das, hat Tony mir mal gesagt. Ich finde, es steht ihr total gut, aber Mama mag es überhaupt nicht, wenn sie sich für die Schule auftakelt, als ginge sie auf eine Party.

Obwohl Tony die letzten Tage und Abende viel unterwegs war, hat sie offenbar keine Typen getroffen, die sie interessant findet. Jedenfalls hat sie mir nichts da-

von erzählt. Wahrscheinlich hofft sie, dass wenigstens unter ihren Mitschülern jemand zu finden ist, der ihren Exfreund Felix ersetzen könnte.
Ich kann es nicht fassen, dass Tony sich über nichts anderes mehr Gedanken zu machen scheint als über Jungs und wer denn nun am schnuckeligsten ist.
So war die doch früher nicht.
Irgendwas tickt da bei ihr seit einigen Monaten anders und ich komme nicht mehr mit. Gerade jetzt, wo ich Leute um mich brauche, die ich lieb habe. Die *mich* lieb haben.
Mama winkt Tony hinterher und nimmt mich in die Arme. „Jetzt mach mal ein anderes Gesicht, Frida. Niemand wird dir den Kopf abreißen. Du bist nett, du bist klug, du bist aufgeschlossen – ganz sicher wirst du gleich in der ersten Pause Anschluss finden."
Ich erwidere die Umarmung nicht. Mama legt die Hände auf meine Wangen und blickt mir prüfend ins Gesicht. „Nimm doch eine Spange, damit dir die Strähnen nicht in den Augen hängen."
Ich winde mich aus ihrem Griff. „Geht schon, Mama. Ich stecke die Haare hinter die Ohren, wenn sie mich stören." Dann lege ich einen Spurt hin, um Tony einzuholen.
Das hat mir noch gefehlt, am ersten Tag wie eine Erst-

klässlerin mit Blümchenspangen aufzutauchen. Mama kommt vielleicht auf seltsame Ideen.
Gestern Abend habe ich mir die Haare gewaschen, die mir wie ein samtbrauner Vorhang bis über die Schultern reichen. Sie glänzen und duften nach Orangenshampoo. Als ich zu Tony laufe, fliegen sie im Wind.
„Du willst jetzt aber nicht an mir kleben, oder?“, mault Tony mich von der Seite an und macht extra große Schritte. Ich muss fast laufen, um neben ihr zu bleiben.
„Ich dachte, wir gehen zusammen …“
„Äh, sorry, Frida, aber das ist gerade ganz schlecht. Ich bin verabredet. Ich bin sicher, die anderen hätten was dagegen, wenn sich meine kleine Schwester dazudrängelt. Nimm's nicht persönlich, okay?“
Da hebt sie auch schon den Arm und winkt, als hinter den nächsten Häusern zwei Mädchen in ihrem Alter auftauchen. „Mach's gut“, wirft Tony mir noch hin und düst zu den zweien, die ihr Schminkzeug bereits ausgepackt haben und auf einer Mauer hocken.
Nimm's nicht persönlich? *Du darfst nicht mitkommen, Frida.* Persönlicher geht's wohl kaum.
Andererseits hätte ich mich sowieso von Tony vor ihrer Schule verabschieden müssen. Sie besucht die neunte Klasse des Gymnasiums.

Hier in Birkensee befinden sich, wie wir bei einem Erkundungsgang herausgefunden haben, alle Schulen dicht nebeneinander. Meine, in die ich noch dieses Jahr gehe, ist von den anderen durch einen Zaun getrennt. Erst nach der sechsten Klasse wechselt man auf eine weiterführende Schule. Die Entscheidung, ob Realschule oder Gymi, steht für mich in diesem Jahr an, aber das ist gerade meine geringste Sorge. Ich denke schon, dass ich Tony aufs Gymnasium folgen werde, wenn mir am Ende nicht noch Mathe den Schnitt versaut.

Fest steht aber an diesem Tag, dass ich erst einmal ganz allein dastehe – ohne Schwester. Ohne Freunde.

Und genau das tue ich eine Viertelstunde später. Alleine dastehen. Neben dem Lehrerpult. In dem Klassenraum, zu dem mir die Schulsekretärin den Weg gewiesen hat.

Der Unterricht hätte bereits vor zehn Minuten beginnen sollen. Wo bleibt nur der Schulleiter? Er gibt heute die erste Stunde.

Die anderen in der Klasse beachten mich nicht mehr als die Landkarten neben der Tafel und quasseln durch-

einander. Ein Typ mit Schwabbelbauch steht neben dem Lichtschalter und kichert in die hohle Hand.
Ich trippele von einem Fuß auf den anderen, werfe immer wieder einen Blick auf meine Handy-Uhr und will mich schließlich auf den Weg zu einem freien Stuhl machen.
Da fliegt die Tür auf.
Der Schwabbelige knipst die Neonröhren an, obwohl Sonnenlicht den Klassenraum flutet, und ruft: „Pling! Mir geht ein Licht auf!"
Der Schulleiter schaltet es wieder aus und tätschelt die Schulter des Dicken. „Dann lass mal leuchten." Damit hat er mehr Lacher auf seiner Seite als der Komiker, der sich in die letzte Reihe verkrümelt.
„Du musst Frida sein", sagt der Schulleiter und schüttelt mir die Hand. „Mein Name ist Lampe. Deine Anmeldung kam ziemlich kurzfristig. Aber wir freuen uns, dass du hier bist. Gefällt es dir in Birkensee? Hast du dich schon eingelebt?"
Lampe! Deshalb die komische Begrüßung von dem Dicken. Trotzdem sehr gewagt.
Was hat Lampe wissen wollen? Ob es mir hier gefällt und ich mich schon eingelebt habe?
Zweimal eindeutig Nein. Aber er guckt total freundlich. Den interessiert wirklich, wie es mir geht.

„Nein … ja“, stammele ich. „Dauert noch.“
„Natürlich. Berlin ist doch etwas anderes als Birkensee. Aber du wirst dich bei uns schnell wohlfühlen.“
Es wird still in der Klasse. Alle schauen mich an.
Habe ich einen Popel an der Nase?
„Du bist aus Berlin?“, fragt ein Mädchen, das mit zwei anderen an einem Tisch lehnt. Die honigblonden Haare fallen ihr seidig auf die Schultern. Die blauen Augen funkeln wie Eiskugeln in der Sonne. An ihrem Shirt prangt das Label einer angesagten Firma, deren Prospekte ich immer gleich in die Tonne haue, weil Mama mir sowieso nie eines der superteuren Teile spendieren würde. Geld hätten wir nach Mamas Gewinn zwar genug, aber Mama sieht es nicht ein, 80 Euro für einen Pulli auszugeben.
„Ja, genau“, antworte ich brav.
„Genial“, sagt das Mädchen. Die beiden anderen nicken.
„Isabel, Marit, Klara“, sagt Lampe. „Setzt ihr euch bitte? Ihr anderen auch. Ich möchte euch eure neue Klassenkameradin vorstellen.“
Lampe wartet, bis alle Platz genommen haben. Stühle quietschen und poltern. Dann kehrt gespannte Ruhe ein und der Schulleiter sieht mich auffordernd an.
He, *er* wollte mich doch vorstellen. Jetzt soll ich das selbst machen?

Na gut. Ich schlucke und räuspere mich, hebe dann den Kopf. Tief Luft holen.
„Ich bin Frida Thun …", fange ich an und will eigentlich noch sagen, dass ich aus Berlin komme, wie ja alle mitbekommen haben, und dass meine Eltern ein Haus renovieren und wieder verkaufen werden und sich deshalb niemand an meine Anwesenheit gewöhnen soll, weil ich bald wieder …
„HUHN?" Der Komiker aus der letzten Reihe. „Du heißt Frida Huhn? Ga-ga-gack."
Alle lachen.
„Janosch, bitte." Lampes Stimme ist schärfer geworden. Trotzdem schiebt Janosch ein Ga-ga-gack nach.
So ein Hirni. Dabei kringeln sich bei ihm die Haare wie Schweineschwänzchen und seine Nase hat große Ähnlichkeit mit einer Steckdose.
Lampe nickt mir zu und ich schnappe mir meinen Rucksack. In der Bank neben Janosch ist bei einem blassen Mädchen ein Platz frei.
Ich setze mich und zeige Janosch mein allerschönstes Lächeln. Vorne dreht Lampe sich zur Tafel.
„Oink, oink", mache ich.
Rund um mich herum prusten alle los.
Janoschs Mund klappt auf.
Ich lehne mich zufrieden zurück und schaue mög-

lichst unschuldig, als Lampe einen fragenden Blick in die Runde wirft.

„Spitze“, sagt das Mädchen neben mir leise. „Dem hat schon lange eins auf die Nase gehört.“

„Auf den Rüssel, meinst du“, antworte ich.

Das Mädchen kichert. „Ich bin Fabienne.“ Flüsternd stellt sie mir die Klasse vor, aber ich kann mir nicht einmal die Hälfte der Namen merken. Wahrscheinlich habe ich bis morgen sowieso vergessen, wie alle heißen. Aber das ist auch nicht weiter schlimm. Pia und ich haben das gestern beim Chatten besprochen. Durchhalten. Das ist unsere Parole. Darauf hoffen, dass Mama und Papa das Landleben auch bald auf den Keks geht, wir unseren Krempel packen und mit durchgedrücktem Gaspedal dahin zurückkehren, wo wir hingehören: nach Berlin.

Und jetzt auch noch ein Kälbchen

Auf dem Pausenhof herrscht Chaos. Die Jüngeren streiten sich darum, wer als Erstes auf die Vogelnestschaukel darf. Einige ziehen sich in versteckte Winkel zurück, andere bevölkern die asphaltierte Anlage, die mit Bänken, Tischtennisplatten und aufgemalten Straßen für die Fahrradanfänger ausgestattet ist. Die Kids stehen in Gruppen zusammen, jeder scheint zu wissen, wo er hingehört. Nur ich nicht.
Gesprächsfetzen fliegen an mir vorbei. Die meisten quatschen über die Sommerferien, erzählen, wo sie in Urlaub waren oder was sie sonst so getrieben haben.
Ich bemühe mich eine entspannte Miene zu machen. Auf keinen Fall darf ich aussehen, als käme ich mir verloren vor.
Ich ziehe mich an den hüfthohen Maschendrahtzaun zurück, der unseren Pausenhof von dem des Gymnasiums und der Realschule trennt.

Vielleicht schaut Tony mal, wie es mir geht, und erzählt mir, wie ihre ersten Stunden waren?
Ich versuche angestrengt meine Schwester auf der anderen Seite ausfindig zu machen, kann sie aber nirgends entdecken.
Kurz denke ich darüber nach, auf die Toilette zu gehen, mich während der Pause einzuschließen und auf den Gong zu warten.
Es gibt wohl nichts Blöderes, als neu an einer Schule zu sein und keinen Menschen zu kennen.
Irgendwie muss ich hier Anschluss finden, wie Mama das nennt, obwohl ich keinen Plan habe, wie das funktionieren soll und vor allem: an wen ich mich anschließen soll.
Wo ist denn diese Fabienne, die neben mir saß? Vielleicht könnte ich mich mit ihr unterhalten.
Hinten bei den Fahrrädern entdecke ich den dicken Janosch mit seinen Kumpels. Denen drehe ich besser den Rücken zu.
Nicht weit von mir entfernt an einer vollgekritzelten Kunststoffbank unter einem Baum geraten Isabel, Klara und Marit in mein Blickfeld.
Komisch, diese drei Namen kann ich mir ohne Probleme merken. Man spürt irgendwie, dass die drei das Sagen in der Klasse haben. Sie lachen am lautesten,

machen beim Erzählen große Gesten und werfen immer wieder die Haare zurück, als hätten sie es gemeinsam vor dem Spiegel einstudiert.
Wäre unklug, sich mit dem Trio anzulegen, geht es mir durch den Kopf. Wirklich sympathisch finde ich die drei nicht, aber zu Feindinnen würde ich sie mir auch nicht machen wollen.
„Hallo, Frida", höre ich eine leise Stimme neben mir und zucke zusammen. Ich war so vertieft, dass ich gar nicht bemerkt habe, wie sich jemand angeschlichen hat.
„Hallo." Ich krame in meinem Gedächtnis nach dem Namen des Mädchens. Wenn sie mich kennt, gehört sie offenbar zu meiner Klasse.
Nein, über sie hat Fabienne nichts gesagt. Oder doch? Vielleicht habe ich es nur wieder vergessen, weil sie eher langweilig wirkt.
Das Mädchen macht keine Anstalten, noch etwas von sich zu geben. Ich schaue wieder rüber zu der Bank.
„Sophie", flüstert das Mädchen.
„Ah ja."
Ist ihr Name geheim oder warum flüstert sie? Was soll ich jetzt sagen? Wie ich heiße, weiß sie ja. Wenn sie sich mit mir unterhalten will, muss sie doch anfangen, oder?

Sophie guckt mich mit runden Augen an wie ein Kälbchen. Richtig unheimlich ist das. Irgendwie psycho. Die Frisur hat sie sich wahrscheinlich eigenhändig mit der Nagelschere geschnitten und mit ihren Klamotten wäre sie der Knaller auf dem nächsten Mittelalter-Spektakel. Sie trägt einen geblümten Rüschenrock und eine Bluse, die mal weiß gewesen sein muss. Darüber eine grellblaue Weste mit Fransen. Hat die keinen Spiegel zu Hause? Wer läuft denn so rum?
Sie schaut mich immer noch an wie das Tier von der Weide.
Ich merke, dass die anderen zu uns rübergaffen und sich hinter vorgehaltener Hand etwas zuflüstern.
Ganz klar: Ich stehe hier mit der Außenseiterin der Klasse zusammen, die hofft jemanden gefunden zu haben, den sie zu ihrer Freundin erklären kann.
Wie komme ich aus der Nummer wieder raus, ohne Sophie zu verletzen?
„War noch was?“, frage ich so freundlich wie möglich.
„Äh, also ...“
„Man sieht sich.“ Ich schlendere davon. Weg aus der Gefahrenzone.
So schnell kann man gar nicht „Hallo?“ sagen, wie man den Stempel hat: Freundin der Außenseiterin.
Darauf lege ich keinen Wert. Die drei Mädels an der

Bank lachen meckernd wie eine Horde Ziegen. Isabel deutet sogar einen kleinen Applaus an. Ich grinse schief, als ich an den dreien vorbeigehe, aber ein richtiges Triumphgefühl will sich nicht einstellen.

Manchmal wünschte ich mir ein kleines Männlein auf der Schulter, das mir zuflüstert, was richtig und falsch ist. Diese Unsicherheit ist immer das Schlimmste.

Sophie hat mir eigentlich nichts getan. Und trotzdem: Ich stelle mich doch auch nicht zu wildfremden Leuten und glotze sie an.

Nur weil ich die Neue bin, muss Sophie nicht meinen, dass ich scharf drauf bin, mich mit ihr zusammenzutun.

An der Treppe zum Eingang werfe ich einen unauffälligen Blick zurück. Sophie hat den Kopf gesenkt, die Haare fallen vors Gesicht. Sie zieht sich noch weiter zum Zaun zurück. Ganz schön geknickt sieht sie aus.

Es läutet zum Ende der Pause.

Ich lasse mich von dem Strom der anderen ins Schulgebäude zurücktreiben.

Mein Herz pocht ein paar Takte schneller, aber ich bin mir ziemlich sicher, dass man das meiner entspannten Haltung und meinem lässigen Gang nicht anmerkt.

So soll das sein.

Talentfreie Zone

Ich habe fest damit gerechnet, dass wir uns am ersten Tag nach den Ferien nur den Stundenplan und ein paar warme Worte abholen, um dann wieder nach Hause geschickt zu werden. Aber nichts da. Mathe, Deutsch, Erdkunde, Kunst – das volle Programm.
In jeder Stunde taucht ein neuer Lehrer vor der Tafel auf und nimmt mich unter die Lupe.
Immer die gleichen Fragen: Ob ich mich schon eingelebt hätte und welches meine Lieblingsfächer wären.
Einmal ruft Isabel: „Frida kommt übrigens aus Berlin“, und schon muss ich einen Vortrag über die Hauptstadt halten und was man sich da unbedingt anschauen sollte, wenn man zu Besuch ist. Himmel, bin ich Touristenführerin?
Ein anderes Mal funkt der dicke Janosch dazwischen: „Fridas Eltern haben die Bruchbude am Bussardweg gekauft, die schon seit Jahren leer steht. Da soll es spu-

ken. Wenn Frida also mal fehlt, wissen wir, wer sie geholt hat."
Müdes Gelächter erklingt. Ich drehe mich zu Janosch. „Unsere Dachbodengeister stehen auf Speck. Pass nur auf, dass sie dich nicht holen, wenn ich ihnen einen Tipp gebe."
Im allgemeinen Gekicher geht Janoschs „Ga-ga-gack" unter.
Wenigstens brauche ich die zweite große Pause nicht wieder am Zaun zu stehen wie an der Bushaltestelle. Denn als alle nach draußen drängen, nimmt mich das Trio um Isabel in seine Mitte wie meine persönlichen Bodyguards.
„Klasse, wie du dem Janosch Kontra gibst. Der kann seine große Klappe einfach nicht halten. Quatscht den ganzen Tag so einen Quark wie sein Vater", erzählt Isabel und streicht sich die blonden Haare hinter die Ohren.
Ich sehe sie von der Seite an. Sie ist ein Stück größer als ich. Wahrscheinlich ist sie in Sport ein Ass. „Was ist mit seinem Vater?"
„Der ist beim Radio", erklärt Marit und schnaubt verächtlich. Sie zieht die Nase kraus, wobei sich die Sommersprossen in ihrem Gesicht zusammenquetschen. Mit ihren roten strohigen Haaren sieht sie ein bisschen

aus wie die Pippi Langstrumpf in meinen Kinderbüchern, nur dass sie keine vom Kopf abstehenden Zöpfe hat. „Quasselt ohne Ende langweiliges Zeug in seiner Show. Genau wie Janosch in der Klasse."

„Aber noch viel cooler fand ich, wie du Sophie heute Morgen abgefertigt hast", erklärt Klara und guckt gleich zu Isabel, als warte sie auf ihr zustimmendes Nicken. Tatsächlich neigt Isabel wie die Königin gegenüber der Zofe den Kopf. Ob Klara einen Purzelbaum vor Freude schlagen wird? Sie ist so klein und zierlich, dass sie den wahrscheinlich aus dem Stand hinbekäme. Mit ihren ins Gesicht gekämmten kurzen schwarzen Haaren hat sie Ähnlichkeit mit einem niedlichen Zirkusäffchen.

Wir sind inzwischen an dem Baum angekommen, zu dem die Bank gehört. Offenbar der Stammplatz des Trios. Ich stehe nun dabei, als gehörte ich dazu.

„Wie die heute wieder aussieht. Ob die sich in den Ferien neu eingekleidet hat und jetzt ihre geilsten Fundstücke vorführt?" Isabel quietscht vor Belustigung. Die anderen beiden halten sich glucksend die Hände vor den Mund. Auch ich bringe ein krächzendes Lachen hervor, aber es kommt nicht von Herzen. Eher aus einer zu eng gewordenen Kehle.

Was ist jetzt nur wieder los?

Natürlich wollte ich Sophie loswerden. Und was kann mir Besseres passieren, als gleich am allerersten Schultag zu den angesagten Mädchen der Klasse zu gehören? Aber es ist eklig, wie die über Sophie reden. Klar ist Sophie mir vorhin auf die Nerven gegangen und ich habe sie angefahren. Aber vielleicht wäre ich nicht so frostig gewesen, wenn ich selbst nicht so mies drauf gewesen wäre? Nicht dass ich was mit der Außenseiterin der Klasse zu tun haben will. Aber muss man so gemein über sie ablästern, nur weil sie ein bisschen anders ist?
Janosch schlappt mit seinen Kumpels an uns vorbei und rempelt mich an. „Ich würde mir ja die Kugel geben, wenn ich in so einer Bruchbude hausen müsste", raunt er mir zu. Was hat der denn auf dem Pausenbrot gehabt? Ob der sich noch mal einkriegt?
Bei dem Gedanken fällt mir das Nutella-Brot ein, das in meinem Rucksack vor sich hin gammelt. Isabel zupft sich von einem Schokocroissant Stücke ab und knabbert daran herum. Pippi-Marit klaubt geschälte Apfelstückchen aus einer Tupperdose und Äffchen Klara mümmelt tatsächlich an einer Banane.
Nur mir liegt immer noch ein Stein im Magen.
„Gut", stichelt Janosch weiter. „Wenn ihr euch nur so eine Baustelle leisten könnt. Jedem das Seine."

Wir und uns nicht mehr leisten können? Ich will ihn fragen, ob er vor ein paar Monaten zufällig ferngesehen und die Frau bewundert hat, die mal eben 125 000 Euro abgesahnt hat? Aber Isabel kommt mir zuvor.
„Recht hast du, Jannilein." Sie beugt sich zu ihm rüber. Marit und Klara drängen sich neben sie. „Meine Eltern überlegen, ob sie unser Gartenhaus vermieten sollen. Wir nutzen das ja kaum. Da haben früher die Angestellten gewohnt. Wäre das nicht was für dich und deinen Vater? Wenn der beim Radio für jeden Witz bezahlt wird, der in die Hose geht, müsstet ihr euch das locker leisten können. Oder etwa nicht?"
Janosch läuft rot an. Nein, schweinchenrosa. In einem Comic würde ihm jetzt Dampf aus den Ohren strömen und er würde tuten wie ein Zug. Aber statt auf Isabel loszugehen, zieht er ab, begleitet von seinen Freunden und die Hände tief in die Taschen der ausgebeulten Cordhose gegraben.
„Danke", sage ich.
„Bitte", sagt Isabel. „Du kommst also aus Berlin?"
Wie oft denn noch?
„Habt ihr weit weg vom Ku'damm gewohnt?", fragt Marit.
Isabel winkt ab. „Ku'damm! London ist viel aufregender. Oder Paris. Aus Madrid hat mein Papa mir

neulich ein Shirt mitgebracht, das bestimmt so viel kostet wie Sophies ganzer Kleiderschrank."
Marit und Klara kichern. Ich schaue zu Sophie. Die lehnt gegen den Zaun, die Arme vor der Brust verschränkt, die Haare wie ein zugezogener Vorhang vor dem Gesicht, und versucht anscheinend unsichtbar zu sein.
Modisch ist sie der absolute Super-GAU. Ihre Klamotten können echt nicht mehr als ein paar Euro auf dem Flohmarkt gekostet haben, da hat Isabel schon Recht.
Isabel dagegen sieht in ihrer Chino-Hose und dem sonnengelben Wickelshirt aus, als würde sie gleich über den roten Teppich zur Oscar-Verleihung spazieren.
„Ich finde aber", sagt Isabel, „dass sie heute gut genug aussieht." Marit und Klara schauen sie fragend an. Auch ich bin überrascht. „Gut genug für den Zirkus", sagt Isabel. Die drei lachen laut.
Diesmal verziehe ich keine Miene.

♫

In der letzten Stunde haben wir Musik. Ich schließe mich den anderen an, die in einen Raum strömen, in dem ein glänzend schwarzes Klavier steht.
Eine Frau mit einem wild gemusterten Schultertuch und einer Brille mit Gläsern wie Colaflaschenböden

hockt davor und lässt lange Spinnenfinger über die Tasten streichen. Irgendwas Munteres wie ein Bachplätschern. Es hört sich schön an, aber mit klassischer Musik kenne ich mich nicht aus. Das Klavierstück bildet die Hintergrundmusik zu dem allgemeinen Tumult, bis alle ihre Plätze eingenommen haben.
Nur Janosch wieder! Der stellt sich neben das Klavier, legt wie ein Tenorsänger eine Hand auf das Instrument, die andere aufs Herz, schließt die Augen und fängt an eine sinnfreie Arie zu schmettern. Seine Freunde lachen pflichtbewusst, andere – wie ich – verdrehen genervt die Augen.
Die Frau am Klavier – „Das ist Harry", zischt Isabel mir zu – steht auf und ich erkenne, dass sie ungefähr so breit wie hoch ist. Sie klatscht in die Hände und wedelt in Janoschs Richtung, bis der den Quatsch endlich sein lässt und sich setzt. Ruhig wird es aber dennoch nicht. Als ich mich umschaue, sehe ich, dass alle anfangen Instrumente auszupacken.
War mir vorher gar nicht aufgefallen, dass sie alle die Taschen dabeihaben. Oder hatten sie die hier im Musikraum gelagert? Ich erkenne eine Geige, mehrere Querflöten, eine Klarinette, Gitarren …
Gehört es an dieser Schule zum guten Ton, im Musikunterricht selbst zu musizieren? Sehr merkwürdig.

Ich beuge mich zu Marit, um sie zu fragen, was hier los ist, aber da hebt die Frau die Stimme.
„Für diejenigen, die mich noch nicht kennen“, alle Blicke gehen zu mir, „ich bin Harriet Frischmuth und an dieser Schule für die musikalische Erziehung zuständig.“ Sie lächelt in meine Richtung und zeigt dabei die Lücke zwischen ihren Schneidezähnen. „Du musst Frida Thun sein. Richtig?“
„Ja, genau.“ Ich versuche ebenfalls ein Lächeln.
Gleich kommt die Frage, ob ich mich schon eingelebt habe und was mein Lieblingsfach ist.
„Beherrschst du auch ein Instrument?“
„Musik“, sage ich und stelle erst durch das allgemeine Kichern fest, dass Frau Frischmuth etwas ganz anderes von mir wissen wollte als erwartet. Mist.
„Ich mag Musik sehr“, sage ich schnell, „aber nein, ich spiele kein Instrument.“
Dass ich nach der musikalischen Früherziehung mit den Orff'schen Instrumenten eine Weile Blockflöte gespielt habe, geht keinen was an. Sonst verlangt die Lehrerin noch, dass ich das peinliche Teil in der nächsten Stunde mitbringe, um „Der Mai, der Mai, der luhustige Mai“ zum Besten zu geben. Aber nicht mit mir. Dass ich für mein Leben gern singe, binde ich ihr mit Sicherheit auch nicht auf die Nase. Denn zwischen

etwas gerne machen und *etwas gut können* liegen Welten. Zumindest in meinem Fall.
Bei Janosch stimmt das allerdings auch. Flacher als seine Witze kann nur sein IQ sein.
„Gaaa-gack", kommt es lang gezogen aus der letzten Reihe. Nur seine Freunde lachen, die anderen verziehen wieder die Gesichter.
Mann, geht der mir auf den Keks!
„Janosch", sagt Harry. „Du hast dich ja bereits eingestimmt, willst du den Anfang machen?"
Janosch rutscht auf seinem Stuhl hinab unter den Tisch wie eine Schildkröte in ihren Panzer.
„Ich kann nix."
Gefeixe bei den Mädchen rund um mich herum.
„Gut, dass du das mal ansprichst", ruft Isabel laut und alle kugeln sich vor Lachen. Auch ich muss grinsen.
Die Musiklehrerin wendet sich wieder mir zu.
„Du wunderst dich sicher, Frida, warum alle ihre Instrumente mitgebracht haben."
Kann man sagen, ja.
„Unsere Schule wird an einem landesweiten Musikwettbewerb teilnehmen. Der ist für alle Schüler zwischen acht und zwölf Jahren ausgeschrieben. Es gibt einen Vorausscheid in jeder Schule. Das große Finale findet später bei uns in der Stadthalle von Birkensee

statt. Die wird gerade aufwendig saniert. Da ist eine so große Veranstaltung natürlich eine tolle Sache für die Wiedereröffnung." Sie zwinkert mir zu. „Unsere Schule muss noch festlegen, wer uns vertreten soll. Zum Glück gibt es in unseren Reihen das ein oder andere Talent, aber wer am besten ist, das werden wir noch bestimmen."

Das hört sich doch spannend an. Ich lächele Harry an. Ich mag sie irgendwie mit ihrer dicken Brille und der ulkigen Zahnlücke. Und Jurorin in einer Castingshow wollte ich schon immer mal sein.

Harry klatscht wieder in die Hände.

„Wer mag also anfangen?", fragt sie. „Linus?"

Linus erhebt sich. Nelson, sein Zwillingsbruder, boxt ihm in die Seite und holt sich grinsend einen Tadel von Harry ab.

Linus geht nach vorn und klappt einen Koffer auf. Eine Trompete kommt zum Vorschein. Linus wischt übers Mundstück, bläht die Backen und pustet hinein. Die erste Reihe hält sich geschlossen die Ohren zu.

Das klingt wie ein Elefant mit Durchfall.

Harry zuckt bei jedem neuen Ton zusammen. Ihre Brille verrutscht. Sie rückt sie wieder zurecht.

„Achte mehr auf deine Atmung", sagt sie schließlich und macht es Linus vor. „Tief in den Bauch. Dabei lässt du Brustkorb und Schulter locker. Versuch es mal. Am besten machen alle mit. Das ist eine gute Übung, egal was ihr spielt.“

Rund um mich herum wird lautstark geatmet. Ich erinnere mich dunkel an Mama, als sie mit Theo schwanger war und vom Geburtsvorbereitungskurs nach Hause kam.

„Du musst daran glauben, einen Ton zu erzeugen“, gibt Harry Linus weitere Tipps. „Die Trompete ist nur der Verstärker für das, was die Schwingungen deiner Lippe erzeugen. Keine Angst haben, Linus, und niemals halbherzig sein.“

Linus nickt eifrig. Er holt so tief Luft, als müsse er beim Schwimmunterricht auf den Boden des Beckens tauchen. *TröööÖÖÖT.*

„Viel besser“, behauptet Harry.

Na ja, bis zum Auftritt im Musikantenstadl ist es noch ein weiter Weg. Aber besser als der bauchkranke Elefant von vorhin war es auf jeden Fall.

Fabienne und ein Mädchen namens Ayila sind die Nächsten. Querflöte. Ich befürchte das Schlimmste, als sie sich beim Anzählen verhaspeln und wegen eines Kicheranfalls neu beginnen, aber dann klingt es ganz okay. Es ist ein klassisches Stück, die Töne kommen klar rüber. Sie spielen ohne einen Hänger durch.

„Ihr seid an einigen Stellen aus dem Takt geraten“, sagt Harry.
Das ist mir auch aufgefallen, aber ich fand es nicht tragisch. Harry zeigt den beiden auf den Notenblättern, wo sie noch einmal ansetzen sollen. Sie begleitet Fabienne und Ayila zählend und wippt dabei mit dem Finger. Und Tatsache: Jetzt klang es echt besser.
Auch beim nächsten Schüler bemängelt Harry das Rhythmusgefühl und gibt ihm mit dem Zeigefinger den Takt vor. Das macht sie offenbar gern. Frau Harry Taktstock.
„Wenn du eine Chance haben willst“, sagt sie, „musst du noch fleißig üben.“
Isabel winkt mich und die beiden anderen heran, um über den Querflötenauftritt zu lästern. Wir stecken die Köpfe zusammen. Als ich das nächste Mal nach vorne schaue, klappt mir der Kiefer herunter.
Da hockt eine im Blümchenrock und mit mehlweißen Wangen auf dem Klavierschemel und zieht eine abgegriffene Gitarre aus ihrer Tasche.
Sophie?
Das Flüstermädchen mit den abgedrehten Klamotten, das sich ständig hinter ihren Haaren versteckt? Ausgerechnet DIE will auf eine Bühne? Ich glaube es nicht.

Sing, Hühnchen!

Ich starre auf Sophie und frage mich, wie blöd jemand sein muss sich selbst in eine solche Situation zu bringen?

Warum bleibt sie nicht einfach im Hintergrund, schiebt sich die Haare vor die Nase und schweigt?

Wie sie da vorne sitzt in ihrer Zirkuskluft, sieht sie aus wie zum Abschuss freigegeben. Ich spüre die freudige Anspannung der Jungen auf der rechten Seite. Die warten nur darauf, losgrölen zu können. Die Mädchen neben mir fangen schon mal an zu kichern, bevor Sophie auch nur einen Akkord geschlagen hat.

Ein bisschen fühle ich mich wie in der Zeit, als Mama sich auf das TV-Quiz vorbereitet hat. Ich wappne mich fürs Fremdschämen. Gleichzeitig schwappt aus meinem Herzen eine warme Welle. Ich merke, dass es so etwas wie Mitgefühl ist.

Ja, mir tut dieses merkwürdige Mädchen auf einmal

leid. Ich nehme mir vor, mir irgendein Kompliment abzuringen, egal wie grausam sie klimpert.
Doch während ich meinen verwirrenden Gefühlen ratlos gegenüberstehe wie Papa bei unserem Einzug in der Villa dem uralten Sicherungskasten, wird es auf einmal still in der Klasse.
Ich löse mich von allem, was mir durch den Kopf geht, und richte meine Konzentration auf das Gitarrenspiel, das nun den Raum erfüllt.
Alle in der Klasse sind so leise, dass man das Lied wie in einem Tonstudio aufnehmen könnte. Tatsächlich hört es sich genauso gekonnt an.
Pia hat mal zu Weihnachten eine Gitarre geschenkt bekommen, sie allerdings nie benutzt. Ich habe einige Male in ihrem Zimmer darauf ein paar Akkorde geübt, die in einem Notenheft beschrieben wurden. „A-Dur" habe ich locker hinbekommen und auch „D-Dur" ging ganz gut, aber der Wechsel zwischen beiden war eine Katastrophe. Wenn ich auch nur einen Millimeter danebengegriffen habe, hat es sich angehört wie Kater Rex jaulend vor der leeren Futterschüssel.
Sophie ist weit entfernt von Katzengejammer.
Sehr weit entfernt.
Ich sehe, wie ihre linke Hand über den Gitarrenhals wandert, wie sie blind und zügig die Akkorde ver-

ändert. Ihre rechte Hand schlägt und zupft im Wechsel. Jeder einzelne Ton klingt glasklar und rein und die Gesamtheit der Töne verbindet sich zu einem mitreißenden Stück, allerdings ohne erkennbare Melodie. Es ist eine Folge von harmonischen Tönen in Dur und Moll. Wunderbar.

Genau wie alle anderen lausche ich hingerissen. Als Sophie mit drei getragenen Tonfolgen zum Schluss kommt, verhallen die letzten Klänge in der Stille des Klassenraums.

Ein paar Sekunden bleibt es leise, dann klatschen die Ersten, absolut verblüfft von Sophies Talent. Sogar die Jungs um Janosch nicken anerkennend. Nur die Mädels in meiner Umgebung ziehen hochmütige Gesichter und zucken die Schultern.

„Angeberin", murmelt Isabel. Ich schätze, ein größeres Kompliment könnte sie Sophie nicht machen.

Ich wende den dreien den Rücken zu. Sophie hat zwar wieder ihren Haarvorhang zugezogen, aber ich sehe durch die Strähnen, dass sich ihre Wangen rosa färben und ihre Augen glitzern. Ein kleines Lächeln umspielt ihren Mund.

Es überrascht mich selbst, wie sehr ich dieser Sophie in diesem Moment den Erfolg gönne. Ich freue mich für sie, dass sie zeigen durfte, was in ihr steckt, und

wünsche ihr, dass es ihr hilft, aus ihrem Schneckenhaus zu kommen.
Keine Ahnung, woher dieser Wandel rührt. Aber möglich, dass es mit der Magie der Musik zusammenhängt.
„Das war außerordentlich gut, Sophie“, sagt Harry. „Du hörst es am Applaus deiner Mitschüler – dir gelingt es, die Menschen zu begeistern mit deinem Gitarrenspiel. Das ist eine ganz besondere Gabe. Das weißt du, hm?“
Ich sehe an Sophies Hals, dass sie schluckt.
„Du weißt sicher auch“, fährt Harry fort, „dass das gerade eine klassische Begleitmelodie war.“
Ah, habe ich es mir doch gedacht. Und nun?
„Was hältst du davon, wenn du noch einmal spielst und dazu singst? Äh, ich weiß jetzt den Titel des Songs nicht, aber ich meine, ich hätte das Lied schon öfter im Radio gehört.“ Harry runzelt beim Nachdenken die Stirn, wodurch ihre Brille wieder verrutscht.
Blitzschnell gehe ich im Geist noch einmal die Akkorde durch, die Sophie gezupft hat.
Logisch. Dass ich das nicht vorher gehört habe!
Genau in diesem Moment sehe ich, wie Sophie mit den Lippen den Titel formt, aber es kommt wieder nicht mehr als ein Flüstern heraus.
Ich recke die Hand und rufe, noch bevor ich dran-

genommen werde: „Das war *Beautiful* von Christina Aguilera."

Sophie grinst mir zu und ich erwidere das Lächeln, bevor ich rasch den Blick senke.

Harry lacht erlöst und richtet die Brille. „Genau. Also, Sophie, wie wäre es mit Singen?"

Sophie schüttelt den Kopf und winkt die Musiklehrerin heran, damit sie ihr ins Ohr flüstern kann. Harry seufzt. „Schade, dass du erkältet bist. Vielleicht in der nächsten Stunde? Ich halte dich für wirklich sehr begabt, Sophie. Es wäre klasse, wenn du als Sängerin mit Gitarrenbegleitung für unsere Klasse im Vorausscheid antreten würdest."

Da springt auch schon Janosch auf: „Frida Hühnchen kann doch singen. Wenn sie schon kein Instrument spielt. Ga-ga-gack."

Ich schlage mir die Hände vors Gesicht. Marit stupst mich freundschaftlich an, Isabel tätschelt meine Schulter, Fabienne und Klara knuffen mir in den Rücken.

„Los jetzt, Frida", wispert Fabienne.

Kann mich mal jemand fest kneifen? Das kann nur ein Albtraum sein. Das passiert nicht mir, das passiert jemand anderem.

Ich schaue mir selbst zu, wie ich mich hochstemme und nach vorne stakse wie ferngesteuert.

Warum sage ich nicht, dass das eine schlechte Idee ist? Eine ganz, ganz schlechte Idee.
Meine Knie sind aus Wackelpudding. Harry streckt mir hilfreich die Hand entgegen.
Hätte ich bloß nicht den Songtitel vorlaut in die Klasse gerufen.
Hätte ich bloß die Blockflöte erwähnt.
Nun stehe ich neben Sophie mit dem Kälbchenblick und fühle Harrys Spinnenfinger auf meinen Schulterknochen.
„Willst du es aus dem Stegreif versuchen, Frida?" Harrys Augen hinter den Brillengläsern schimmern warm wie Christbaumkugeln. Sie meint es nicht böse, da bin ich sicher, aber es ist trotzdem die Hölle.
„Das kommt gerade ein bisschen plötzlich", erwidere ich und räuspere mich, weil ein Krächzen in meiner Stimme mitklingt. Gack.
Mann, ich habe noch nie vor Publikum gesungen. Ich habe noch das Kichern von Tony und ihrer Freundin Vicky im Ohr, als die mich mal heimlich belauscht haben. Was, wenn die ganze Klasse vor Lachen zusammenbricht, wenn ich nur die ersten Töne anstimme?
„Was haltet ihr davon, wenn ihr ein wenig miteinander probt und in der nächsten Stunde zeigt, was ihr geübt habt? Ich bin sicher, ihr harmoniert gut miteinander."

In dem Augenblick geht der Schulgong, der die Stunde beendet. Alle springen auf, Tumult bricht aus. Niemanden hält es länger als nötig in den Bänken. Harry tätschelt mein Schulterblatt ein letztes Mal und kneift beide Augen zu. „Ich freue mich auf eure Aufführung“, sagt sie noch und eilt ebenfalls aus dem Klassenraum. Nur ich stehe da und starre auf Sophie, die in aller Ruhe ihre Gitarre in der Tasche verstaut. Ich schaue auf ihren Hinterkopf und sehe, dass sie dringend die Haare waschen müsste. Die grellblaue Weste spannt an ihren Schultern.

Hier bin ich, Frida Thun, zwölf Jahre, frisch aus Berlin nach Birkensee verpflanzt und von einer Sekunde auf die andere mit der Loserin der Klasse zusammengetopft.

Der Zauber der Musik mit all den harmonischen Schwingungen und Gefühlen ist verflogen. Zurück bleibt die bittere Erkenntnis, dass an diesem ersten Schultag alles schiefgelaufen ist, was nur schieflaufen konnte.

Glaubt denn niemand an mich?

„Wie war's denn, Frida?"
Mama hockt mir an dem schweren Eichentisch gegenüber, der am Ende der Sommerferien geliefert wurde und fast die ganze Küche einnimmt. Wir sitzen nur zu zweit am Tisch, weil sowieso alle zu unterschiedlichen Zeiten eintrudeln. Gemeinsame Mahlzeiten gibt es bei uns am Abend oder am Wochenende.
Mama hat die blonden Haare zu einer unordentlichen Frisur hochgesteckt und trägt über dem hellblauen T-Shirt offen eines von Papas karierten Holzfällerhemden. Ihre Augen blitzen. Volle Punktzahl auf der Gute-Laune-Skala. Das Aufhübschen der Villa macht ihr Spaß. Sie hämmert, streicht und feilt den ganzen Tag herum.
Fortschritte sehe ich allerdings nicht. Es ist sogar noch schlimmer als am Anfang. Ständig muss man aufpassen, dass man nicht über Gips- oder Farbeimer

stolpert. Hausschuhe sind Pflicht, weil man sonst die Socken voller Sägespäne und kleiner Holzstücke hat, die sich fies in die Fußsohle bohren.
Zu Mittag hat Mama heute eine Mammutportion Milchreis gekocht. Aus dem Topf bedient sich jeder, der gerade hereinkommt. Dazu gibt es Apfelkompott und Zimt. An normalen Tagen sterbe ich für süßen Milchreis. Aber normal ist heute gar nichts.
Das merkt Mama und runzelt die Stirn, als ich in dem weißen Brei herumrühre.
„Wie sind denn die Lehrer so?“, fragt sie nach. „Magst du sie?“
„Geht so.“
„Na, das ist doch schon mal was. Und deine Mitschüler? Haben sie dich freundlich aufgenommen?“
„Ja.“
„Na wunderbar.“ Mama streichelt meinen Arm. „Du wirst sehen, bald wirst du dir gar nicht mehr vorstellen können, wie es in Berlin war.“
„Glaub ich nicht.“
„Hey, Frida, warum bist du so motzig?“, fragt sie zärtlich. „Ist irgendwas passiert? Kann ich dir vielleicht helfen?“
Ein Klumpen bildet sich in meinem Hals. Das passiert oft, wenn Mama den Tonfall von fröööhlich auf zärt-

lich umschaltet. Am liebsten würde ich mich ihr in die Arme werfen und heulen ohne Ende.
„Komm mal her.“ Mama nimmt meine Hand und zieht mich zu sich auf den Schoß. Ich lasse es zu, schlinge die Arme um ihren Hals und schon geht die Flennerei los.
Mama streichelt meinen Rücken und schaukelt mich auf dem Knie. „Ist doch klar, dass dir am Anfang noch alles fremd ist, Liebes. Aber das wird schon. Wenn die Schüler und Lehrer nett sind, lebst du dich schnell ein. Gib dir noch zwei Wochen Zeit, hm?“
Ich löse mich von ihr und ziehe ein Küchentuch von der Rolle, um mir die Nase zu putzen, bevor ich mich wieder vor den Milchreis setze.
„Es gibt demnächst einen Musikwettbewerb für alle Schulen landesweit. Unsere Schule will auch daran teilnehmen. Muss sie auch, denn das Finale soll hier in der Stadthalle steigen.“
Mama stützt die Ellbogen auf den Tisch und das Kinn in die Hände.
„Hört sich gut an. Du magst doch Musik …“
„Ja, schon. Aber ich soll es als Sängerin versuchen. Mit einem Mädchen aus der Klasse, das Gitarre spielt. Ich glaube, ich pack das nicht, aber ich weiß auch nicht, wie ich aus der Nummer rauskommen soll.“

Ich schiebe mir einen Löffel Kompott in den Mund und beobachte Mama, während ich kaue. Vielleicht sagt sie etwas wie: *Endlich. Endlich wird die ganze Welt erfahren, was für eine tolle Stimme meine Tochter hat.*

Es gibt wenig, was mich im Augenblick aufbauen würde, aber wenn mir jemand Mut machen, mir sagen würde, dass ich Talent als Sängerin habe … Das würde mir bestimmt helfen und auch erst einmal vergessen lassen, dass meine Gitarrenbegleitung von der Loserin der Klasse kommt.

„Oh-oh." Mama macht ein skeptisches Gesicht. „Das ist aber dumm gelaufen." Ich seufze tief. Mama stößt ein Lachen aus und schüttelt den Kopf. „Also, ich würde mich auch nicht auf die Bühne stellen und vor Publikum singen. Mir wird schon schlecht, wenn ich daran denke. Keiner in unserer Familie hat Talent dafür. Aber", sie hebt den Zeigefinger, „für jedes Problem gibt es eine Lösung." Sie beugt sich zu mir mit leuchtenden Augen, als wäre ihr die Idee des Jahrhunderts gekommen.

Irgendwo ein neues Haus aufgetan zum Renovieren? In Kasachstan vielleicht? Dort gibt es mit Sicherheit keine Gesangswettbewerbe.

„Sag mal, Frida, dir hat doch immer diese musikalische Früherziehung so viel Spaß gemacht. Ich weiß noch,

wie begeistert ich war, dass du auf dem Xylofon mit zwei Klöppeln mehrstimmig spielen konntest – und das nach einem halben Jahr. Willst du deine Musiklehrerin nicht damit überraschen, etwas auf dem Xylofon zu spielen? Es muss ja nicht eines der Volkslieder sein."
Mama lacht und zwinkert mir zu, als würden wir uns gut verstehen. „Vielleicht kannst du dir aus dem Internet die Noten von einem deiner Songs aus den Charts raussuchen. Das hört sich bestimmt klasse an auf dem Instrument und wäre mal was ganz anderes."
Mir bleibt ein Apfelstückchen im Hals hängen. Sosehr ich auch schlucke, es rutscht nicht.
„Das ist nicht dein Ernst, oder?", ächze ich.
In den letzten Wochen habe ich verstärkt den Eindruck, dass Mama und ich nicht mehr auf demselben Planeten wohnen. Sosehr ich es auch genieße, wenn sie mich hält und mich zärtlich streichelt – wenn es darum geht, was mir im Kopf herumgeistert, wovon ich träume, was ich mir wünsche, ist sie mir fremd wie eine Außerirdische.
Wie kann sie bloß annehmen, ich würde mich wie der Trottel der Nation mit einem Xylofon auf die Bühne stellen?
Ich kann es gar nicht fassen, dass sie mir einen solchen Vorschlag macht. Ich sehe auch keinen Sinn mehr da-

rin, noch weiter mit ihr zu diskutieren. Das bringt ja mal gar nichts.

Ich schiebe den Teller von mir. „Fertig."

Als ich schon im Flur an der Treppe nach oben bin, ruft Mama mir hinterher: „Warum läufst du jetzt weg? Wir haben uns gerade so gut unterhalten ..."

„Ich muss Hausaufgaben machen", behaupte ich und knalle Sekunden später die Tür meines Zimmers im ersten Stock hinter mir zu.

Ich werfe mich auf die Matratze, verschränke die Arme hinterm Kopf und starre an die hohe Decke.

Kater Rex, der auf der Fensterbank gedöst hat, springt herab und mir direkt auf den Bauch. Die Pfoten legt er auf meine Brust, sein Köpfchen darauf. So fängt er an zu schnurren, dass es in meinem Magen vibriert.

Das Kopfkino beginnt. Ich sehe mich und Sophie auf der Bühne stehen, höre das Kichern und Tuscheln im Publikum, während alle sich über Sophies Outfit beömmeln. Buh-Rufe, Pfiffe, Ga-ga-gack, als ich die erste Strophe ansinge.

Es wird eine Katastrophe.

Ganz sicher.

Selbst wenn ich die Töne trotz Lampenfieber treffen sollte, den Text würde ich garantiert vor Aufregung vergessen.

Wie geht der eigentlich genau? Den muss ich dringend mal googeln.
Rex faucht, als ich ihm einen sanften Schubs gebe. Dann macht er es sich auf meinem Kopfkissen bequem. Ich schwinge mich hoch und setze mich an den Schreibtisch, den Papa gestern noch vor dem Fenster aufgebaut hat, damit ich meine Hausaufgaben nicht in der Küche machen muss.
Die Melodie von *Beautiful* habe ich von der ersten bis zur letzten Zeile im Ohr. Ich kann mir Melodien gut merken, wenn sie mir gefallen. Sie bleiben in meinem Kopf wie eingraviert. Aber mit dem Text, vor allem wenn er englisch ist, hapert es manchmal.
Ich öffne den Laptop, tippe mein Passwort und klicke den Internet-Browser an. Eine halbe Minute später habe ich eine Seite gefunden, die Songtexte anzeigt. Da ist auch schon der von Christina Aguilera.
Ich wandere mit dem Zeigefinger über den Bildschirm und bewege die Lippen, wippe mit dem Fuß und nicke im Takt. Ich kann gar nicht anders, mir geht das gleich in den Körper, wenn mich ein Lied erfasst. Die Worte kommen nur wie ein Hauch über meine Lippen, aber als ich höre, dass Mama in der Küche die Bohrmaschine anwirft – sicher will sie die noch fehlenden Regale anbringen –, fasse ich Mut.

Tony ist noch nicht da, um einen Schreikrampf zu kriegen, Papa ist geschäftlich in Berlin, Oma Meggie und Opa Rainer chillen draußen im Garten vor ihrem Campingbus … Keine Gefahr, dass jemand hereinplatzt.
Ich richte mich auf, hole Luft und fange an zu singen. Ich verstehe zwar nicht jedes Wort, aber ich weiß ungefähr, wie man was ausspricht. Beim Refrain schraube ich meine Stimme in die Höhe und schnipse leise mit den Fingern.
Ich bin ganz ausgefüllt von dieser wunderwunderschönen Melodie, für nichts anderes ist mehr Platz in mir. Da klappt hinter mir die Tür – und ich falle fast vom Stuhl. Ich drehe mich um und starre auf Theo, der mit einem merkwürdigen Konstrukt aus seinem Baukasten im Türrahmen steht.
„Hab ich dich gestört? Wollte ich nicht. Sing weiter, Frida, bitte, bitte, bitte. Du singst am allerbesten auf der ganzen Welt.“
Ist er nicht knuffig, mein kleiner Bruder? Ich strecke die Arme aus.
Als ich ihn kurz umarme und auf den Lockenkopf küsse, frage ich: „Meinst du das wirklich ernst? Oder sagst du das nur, weil du was von mir brauchst? Was hast du da überhaupt?“

Ich nehme ihm die Konstruktion aus Schrauben und Baukastenteilen aus der Hand.
„Das ist eine Mausefalle. Aber darin sollen die Mäuse nicht zerquetscht werden, sondern nur gefangen. Dann kann man sie in einen Kasten setzen und füttern und dressieren. Die richten dann den Frühstückstisch oder bringen den Müll raus. Muss man dann nicht selber machen." Ich verziehe den Mund, aber Theo plappert weiter: „Sie ist schon fertig. Wollte sie dir nur zeigen und da hab ich gehört, dass du singst. Mach doch auch mal mit im Fernsehen. Bei so einer Castingshow. Du gewinnst bestimmt. Und wir werden berühmt, weil Mama doch auch gewonnen hat."
Ich lache. „Ich darf da gar nicht mitmachen. Bei denen, die mich interessieren würden, bei den richtig guten Castingshows, muss man mindestens 16 Jahre alt sein, glaub ich. Aber an unserer Schule soll es einen Wettbewerb geben. Wie es aussieht, werde ich wohl daran teilnehmen. Aber ich weiß noch nicht, ob ich wirklich singen soll …"
Theo reißt die Augen auf. „Bitte, bitte, bitte. Keine singt schöner als du!"
Rex maunzt, erhebt sich, macht einen Buckel und galoppiert davon. Der sieht das anders, ganz klar. Dass Katzen ein gutes Gehör haben, ist bekannt.

Ich knuffe Theo in die Wange. „Das ist echt lieb von dir. Aber am Ende muss ich nicht sechsjährige Jungen überzeugen, sondern Schüler in meinem Alter und Lehrer. Die haben einen anderen Geschmack, weißt du."
„Ich höre auch, wenn jemand scheiße singt", protestiert Theo und nimmt mir seine Mausefalle ab. „Und du gehörst nicht dazu."
Tja, Theo. Doch ein richtiger Fan.
„Ich bring mal die Falle auf den Dachboden", sagt er und düst zur Tür. „Soll ich eine Maus für dich aufheben, zum Dressieren?"
Ich wedele abwehrend mit beiden Armen. „Nicht nötig! Viel Erfolg."
Ein einziger Mensch glaubt an mich. Wenn dieser Mensch ein TV-Star aus einer Casting-Jury wäre, könnte das meinen Durchbruch bedeuten.
Aber es ist nur Theo.
Mein Blick fällt raus in den Garten. Der nicht zur Mondlandschaft umgewühlte Teil der Wiese ist inzwischen gemäht, aber Bäume und Sträucher wuchern wild. Oma und Opa scheint es nicht zu stören. Sie lachen miteinander, aber hier drinnen kann ich es nicht hören.
Mama versteht mich nicht, Theo ist noch zu klein, Tony ist nicht da …

Ob ich mal Oma Meggie und Opa Rainer fragen soll, ob sie einen Ausweg für mich wissen? Die beiden denken oft um die Ecke und kommen mit den verrücktesten Vorschlägen und Ideen. Okay, das Segelboot war nicht gerade der Knaller, aber vielleicht braucht man in ungewöhnlichen Situationen auch ungewöhnliche Ratschläge?
Ich stehe auf und schlendere nach draußen. Unterwegs sehe ich Papa bei Mama in der Küche. Er muss gerade aus Berlin zurückgekommen sein. Mama sprudelt über in ihrem Bericht vom Tag – hochrote Wangen, gelöste Haarsträhnen, fliegende Hände. Farben hier, Leisten da, zwei Schrauben, die an einem Schrank gefehlt haben … Papa guckt derweil kritisch auf den Milchreis. Der steht nicht so auf Süßes.
Draußen sitzen Oma und Opa immer noch vor ihrem Bus in der Sonne. Besser könnten sie es in Griechenland auch nicht haben.
„Zuckerstück", begrüßt Meggie mich. „Willst du auch Energie tanken?"
Etwas Talent tanken würde mir reichen, oder zumindest die Art von Energie, die mir sagt, wie ich meine Frage stellen soll. Ob ich nämlich vielleicht doch ein bisschen singen kann. Einfach so rausplatzen will ich damit nicht. Soll ich jetzt mal eben ein Lied an-

stimmen, ganz nebenbei, und darauf hoffen, dass Oma und Opa rufen: „Oh, wie schön du singst!"? Nee.
„Hm", sage ich und hocke mich auf die Wiese.
„Was liegt dir denn auf der Seele?", fragt Opa und zwinkert mir zu. Zu seinem grauen Shirt trägt er heute Shorts mit Hawaiimuster. Ich bin sicher, mit dem Teil hat Oma ihn überrascht. Er steht kein bisschen auf bunt Geblümtes. Er sieht aus wie Storch-in-Hose mit seinen dünnen, grau behaarten Beinen.
Kann er Gedanken lesen? Oder kennt er mich zu gut? Ich sage erst mal gar nichts, sondern zupfe umständlich einen trockenen Grashalm aus, den ich begutachte, als müsste ich ihn in der nächsten Biostunde beschreiben.
„Ich wäre nicht mehr als dreißig Jahre auf der Straße gewesen", sagt Opa, „wenn ich nicht merken würde, dass bei einem Teenie etwas nicht stimmt. Also, magst du drüber reden?"
Logisch mag ich.
Ich erzähle vom Wettbewerb und dass ich mir nicht sicher bin, ob ich wirklich singen soll.
Opa kneift die Augen zusammen. „Ist das alles?"
„Jup", antworte ich knapp und zupfe den nächsten Grashalm aus. Dass ich Stress mit dem Klassenclown habe, ist ein anderes Thema. Und auch, dass ich nicht weiß, wie ich mich verhalten soll, wenn Isabel, Marit

und Klara über Sophie lästern, behalte ich für mich. Da muss ich allein einen Weg finden.
Opa schaut mich abwartend an.
Mann, wenn der weiter so wissend starrt, bin ich bis heute Abend durch mit der Wiese.
„Überleg, was du schon alles in deinem Leben geleistet hast, Frida", beginnt Opa. „Du glaubst, dass du singen kannst? Dann schaffst du es auch."
„Gesang wird manchmal sogar zu Therapiezwecken eingesetzt", schaltet Oma sich ein.
Jetzt bin ich also schon so weit, dass ich eine Therapie brauche. Spitze.
Oma springt auf die Füße und packt mich bei den Händen.
„Singen befreit", sagt sie und lächelt. Alarm! Ich schüttele so heftig den Kopf, dass mir die Haare ums Gesicht peitschen. Oma lässt mich los und wirbelt vor dem Bus herum.
„Der Klang bringt blockierte Energien wieder in Fluss."
Opa grinst und zwinkert mir zu.
Oma breitet die Arme aus, macht große Schritte und schwingt dabei mit dem Oberkörper hin und her. Sie sieht aus wie ein freundlicher Orang-Utan im Batikkleid.
„Los, Frida. Komm. Wir wecken deine Musikalität."

Sie springt auf einen Baumstumpf. „Haaaaa", ruft sie, und: „Baaaah. Kkksssch. Palim-palim. Wir lassen die Töne aus uns heraus. Hiiiaaahhhooo."
Ich senke den Kopf. Das Lachen bleibt mir im Hals stecken. Wenn Oma sagt, dass sie meine *Musikalität* wecken will, glaubt sie offenbar, dass mein Talent im Moment noch schläft.
Tief und fest.
Also wieder niemand, der an mich glaubt.
Oma tänzelt durch den Garten wie eine Blume im Sommersturm. Dabei lässt sie einen Ton nach dem anderen aus sich heraus, und ich frage mich, ob die Töne das wirklich wollen. Manchen merkt man an, dass sie lieber dringeblieben wären.
Ich stehe vorsichtig auf.
Jetzt bloß keine falsche Bewegung machen, sonst bezieht Oma mich in ihren Tanz ein. Die bringt es glatt fertig, dass ich noch vor dem Wettbewerb bei allen aus der Schule unten durch bin. Wenn zufällig jemand vorbeiläuft und mich mit einer Oma sieht, die wie ein wild gewordener Flummi herumhüpft, brauche ich mich nie wieder in der Schule blickenzulassen.
Opa schaut Oma zu, wie sie die Kiefernbäume umarmt und ihnen ein Liebeslied summt.
Ich mache mich vom Acker.

Auf dem Weg nach drinnen laufe ich gegen Papa.
„Sag mal“, fragt er und streicht sich über den Bauch. „Ist Meggie am Camper? Ich muss sie mal was fragen. Rainer ist nicht zufällig unterwegs?“
Ganz klar, Papa will bei Oma ein Leberwurstbrot schnorren.
Na dann, viel Glück.
Ich düse in mein Zimmer, um darüber nachzudenken, ob es noch irgendwas gibt, was ich tun kann. Außer mir eine Decke über den Kopf zu ziehen.
Von ungewöhnlichen Ratschlägen habe ich jedenfalls erst einmal genug.

Beautiful heißt wunderschön

Na so was. Wieso steht Tonys Tür auf?
Ich linse in ihr Zimmer. Meine Schwester hockt vor dem Laptop und ist total vertieft. Ich sehe nur die zu einem lässigen Knoten aufgedrehten langen Haare, die dieselbe butterblonde Farbe haben wie Mamas, ihr schwarzes Trägershirt, die nackten Arme.
Ich habe gar nicht gemerkt, dass sie schon nach Hause gekommen ist. In der Tür stehend überlege ich, ob ich klopfen soll, schleiche mich dann aber doch an sie an, um einen Blick über ihre Schulter zu werfen.
Natürlich. Sie hat den Chat geöffnet. In der Taskleiste erkenne ich, dass sie mehrere Gespräche gleichzeitig führt. Eine Nachricht ploppt immer wieder auf. Ihr Exfreund Felix.
„Jetzt sag doch mal was."
„Das kann doch nicht das Ende sein."
„Ich liebe Dich."

Die Einträge sind nur von ihm, Tony hat nicht eine Zeile geantwortet, drückt ihn immer nur weg. Wahrscheinlich wird die nächste Aktion sein, dass sie Felix ganz blockt, damit der sie nicht mehr kontakten kann. Eine harte Nuss, der Typ.

Wie das wohl ist, wenn jemand so in einen verschossen ist? Ich kann mir das überhaupt nicht vorstellen. Tony wirkt jedenfalls nicht geschmeichelt, nur genervt. Sie tippt gerade einen meterlangen Text an ihre beste Freundin Vicky.

... ein paar Vollpfosten laufen hier auch rum. Aber es sind auch zwei voll süße Typen dabei. Der eine ist Kapitän der Schul-Handballmannschaft. Logisch, dass ich beim nächsten Spiel in der ersten Reihe sitze, hihi. Kannst Du nicht vorbeikommen, Vicky, ach bitte. Dann zeige ich Dir auch die Typen, die hier immer am Kiosk abhängen. Einer sieht voll krass aus. Ben heißt der und er hat tausend Piercings. Aber er grinst immer, wenn ich da vorbeigehe und ...

Das Kitzeln in meiner Nase kommt so plötzlich wie das Niesen danach. Keine Chance, es zu unterdrücken.

Tony wirbelt herum.

„Hey! Was schleichst du denn hier rum?“, pflaumt sie mich an. „Spionierst du hinter mir her, oder was? Verzieh dich bloß.“

„Äh, sorry, Tony. Ich wollt nicht spionieren ...“

„Warum klopfst du dann nicht? Los, Abgang! Ich will allein sein."

Wenn Tony in dieser Stimmung ist, habe ich nichts zu melden. Ach, Mensch … Ich hätte so gern mit ihr geredet.

Aber immerhin hat sie mich auf die Idee gebracht, selbst einmal nachzusehen, ob jemand von meinen Leuten online ist. Am besten natürlich Pia.

Auf meiner Kontaktseite habe ich über 100 Freunde, aber das kommt natürlich daher, dass man jeden in die Liste aufnimmt, der mit einem auf die gleiche Schule geht oder den man über ein Dutzend Ecken kennt. Als echte Freunde würde ich davon die wenigsten bezeichnen. Wenn mich Fremde kontakten, gehe ich normalerweise auf „ignorieren". Ich muss denjenigen zumindest schon einmal gesehen haben, der anfragt, bevor ich ihn bestätige.

Pia ist natürlich nicht online. Wie sollte es auch anders sein an diesem verkorksten Tag.

Also öffne ich, mit meinem lila Samtkissen im Rücken auf der Matratze kauernd, mein Mailprogramm und beginne eine sehr, sehr lange Nachricht an Pia, in der ich ihr diesen Tag von Anfang bis Ende schildere. Er beginnt mit Tony – die mich wegen ihrer Schminkfreundinnen allein zur Schule gehen lässt – und endet

mit Tony – die mich aus ihrem Zimmer wirft. Und dazwischen nur Müll.
Nach einer halben Stunde drücke ich auf „Senden“ und fühle mich tatsächlich ein wenig befreit. Alles aufzuschreiben, alles herauszulassen, ohne dass jemand dummes Zeug redet, tut schon mal gut. Ich bin sicher, Pias Antwort wird mich erst recht wieder aufbauen. Vielleicht hat sie den entscheidenden Tipp, wie ich aus der Sache mit Sophie wieder …
Den letzten Satz habe ich noch nicht zu Ende gedacht, da pocht jemand an meine Tür.
Theo klopft nie, Tony ist in einer anderen Welt, Mama und Papa machen sich nur mit einem flüchtigen Hallo bemerkbar, und Oma und Opa haben bestimmt noch jede Menge Töne, die sie rauslassen wollen. Wer kann das sein?
„Ja? Is' offen.“
Ein Kopf lugt um die Ecke. Nur die Nase blitzt zwischen den Haaren hervor, die Augen linsen durch die Strähnen. Unter dem Kopf schiebt sich ein Koffer mit einem langen Hals ins Zimmer. „Störe ich dich?“
„Sophie?“ Ich fürchte, ich klinge wie jemand in einer Überraschungsshow, nur dass die Überraschung völlig in die Hose geht.
Was macht *die* denn hier?

Der Rest ihres Körpers in Blumenrock und Fransenweste gleitet herein. Dann steht sie vor mir und klammert sich an dem Koffer fest. Sie schüttelt die Haare in den Nacken, so dass mich ihr Kälbchenblick trifft.

„Wie bist du reingekommen? Ich meine … äh, ich hab gar nichts gehört … Hast du geklingelt oder hast du vorher angerufen oder so?"

„Anrufen wollte ich nicht. Ich hatte Angst, dass du ablehnst. Also bin ich los und gleich draußen deinem Vater begegnet. Der hat mich raufgeschickt."

Papa natürlich. Na, der kann sich heute Abend was anhören. Wildfremde Leute in mein Zimmer zu lotsen, ohne mich vorher zu warnen!

Zwar habe ich Sophie in der Schule noch von Herzen gegönnt, dass sie aus ihrem Schneckenhaus rauskommt. Aber muss das unbedingt bei mir sein? Wie stehe ich denn jetzt da? Was soll ich mit ihr anfangen?

„Sorry für den Überfall", sagt Sophie nun. Sie flüstert gar nicht mehr. Spontanheilung. Oder war das alles nur ein Trick, weil sie sich nicht zu singen traut?

„Bist du wieder gesund?", erkundige ich mich.

Sophie verzieht den Mund und hebt die Schultern. „So schlimm ist die Erkältung nicht. Aber ich würde nie im Leben vor Leuten singen. Ich hab eine Stimme wie eine Kröte."

„Und ich wie ein Huhn“, ergänze ich bitter.
Sophie winkt ab und stößt ein verächtliches Schnauben aus. „Janosch. Lass dich doch von dem Idioten nicht verunsichern. Der hat doch überhaupt keine Ahnung. Der hat dich auch noch nie singen gehört.“
„Du mich auch nicht“, gebe ich korrekterweise zurück.
Sophie kichert und ich grinse mit. „Stimmt, aber ich spüre irgendwie, dass du gut singen kannst. Du hast gleich den Song erkannt.“
„Den du aber auch fantastisch gespielt hast.“
Träume ich oder labere ich tatsächlich munter mit der Person, die dafür gesorgt hat, dass mein erster Schultag lustig wie Zahnfleischbluten war? Wir machen uns sogar gegenseitig Komplimente. Hilfe, hier läuft doch schon wieder etwas ganz und gar quer.
„Du fragst dich sicher, warum ich hier bin“, sagt Sophie.
So sieht das aus.
Sie fährt fort: „Harry meinte ja, wir sollten zusammen auftreten. Ich habe darüber nachgedacht. Ich finde, wir sollten es wenigstens einmal versuchen. Wenn es zu schräg klingt, können wir immer noch in der nächsten Stunde einfach absagen. Was meinst du?“
Auf die Idee, Harry *einfach abzusagen*, bin ich natürlich

nicht gekommen. Dass ich es aber auch immer so kompliziert machen muss. Klaro: Der Musikwettbewerb ist keine schulische Veranstaltung, also kann die Lehrerin nur Vorschläge machen, aber nichts bestimmen.
Ich bin über diese plötzliche Wendung so erleichtert, dass ich schnell aufstehe und Sophie nett anflöte: „Äh, setz dich doch. Du siehst ja, mein Zimmer ist noch nicht eingerichtet … Willst du eine Limo oder Apfelschorle oder so?“
Sophie lächelt. „Apfelschorle wäre okay.“ Sie lässt sich auf die Matratze plumpsen, stopft sich mein Kissen im Rücken gemütlich fest und zieht den Rock über ihre Leggings, die an den Knien fadenscheinig sind. Sie schaut sich um. „Das wird ein Traum, wenn du erst alles aufgebaut, eingeräumt und dekoriert hast. Dieses riesige Fenster! Der Hammer. Die hohen Wände hier sorgen bestimmt für einen Mega-Sound.“
Daran hatte ich noch gar nicht gedacht. Stimmt. Das müsste man glatt mal austesten. „Aber erst mal hole ich die Getränke.“
Sekunden später packt mir Mama in der Küche mit flinken Händen ein Tablett voll mit Gläsern, Saft und Wasser, einer Schachtel Schokokeksen und einer Schüssel Weintrauben. „Wie schön, dass du Besuch hast, Frida.“

Sie freut sich, als hätte ich den Preis *Beliebteste Schülerin von Birkensee* gewonnen. Völlig überzogen.
„Ein Mädchen aus deiner Klasse?"
Ich grummele zustimmend und balanciere das Tablett zurück in mein Zimmer. Mehr als dass Sophie in meiner Klasse ist, muss Mama nicht wissen. Öfter als heute wird sie ihr nicht begegnen.
Sophie hat bereits die Gitarre ausgepackt und hält sie auf gekreuzten Beinen. Die zipfeligen Haare fallen nun alle zu einer Seite, so dass sie den Blick frei hat auf den Hals des Instruments und ihre Finger.
Die Töne füllen den Raum, hallen von den Wänden wider.
Sophie hat Recht. Mein Zimmer hat einen fantastischen Sound. Gerade weil es noch so leer ist.
„Also?" Sophie lächelt mich an, als ich mich neben sie setze. Ihre braunen Augen wirken hier viel weniger psycho. Ich sehe darin einen warmen Schimmer wie bei geschmolzener Schokolade.
„Los?", fragt Sophie.
„Warte." Ich richte mich auf und mache meine Übungen. Über die Schulter blicken, den Kopf in die Mitte drehen und dabei „hmmmmm" sagen. Mit den Schultern kreisen und „mnjom" singen.
Sophie beobachtet mich und schlägt sich schließlich

die Hand vor den Mund, um ihr Kichern zu unterdrücken. „Was machst du denn da? Bittest du den Gott des Gesangs um Hilfe?"
Ich lache. Wahrscheinlich sehe ich tatsächlich merkwürdig aus. Weiß ja keiner, dass das professionelle Übungen sind.
„Du stimmst doch auch deine Gitarre, bevor du anfängst, oder? Und die Stimme ist auch nicht beim ersten Pieps in Topform. Diese Übungen helfen ihr Kraft zu verleihen."
Sophie zieht anerkennend die Mundwinkel herab und nickt. „Nimmst du Gesangsunterricht?"
„Nee, das habe ich alles im Netz gefunden. Unterricht würden mir meine Eltern, glaube ich, nicht bezahlen."
Sophie schaut mich fragend an. Ich öffne schnell die Seite mit dem Songtext und klicke die nervige Popup-Werbung weg. Warum binde ich ausgerechnet der Außenseiterin der Klasse meine Sorgen auf die Nase?
„Beautiful?"
„Yes." Sophie rückt sich zurecht, hebt die Augenbrauen und fängt mit dem Vorspiel an.
Ich wippe mit den Händen und den Fußspitzen, lasse mich ausfüllen von den Tönen, bevor ein Ruck durch meinen Körper geht, als mein Einsatz kommt. Meine Stimme vereinigt sich mit den Gitarrenklängen.

Sophies und meine Blicke verhaken sich ineinander, bis ich die Augen schließe, um den Refrain mit voller Kraft anzustimmen: *„I am beautiful, no matter what they say, words can't bring me down …"* Ich bin schön, egal was die anderen sagen, Worte können mich nicht niedermachen …
Wir sind voll drin, heben völlig ab, wir machen keine Musik – wir *sind* Musik. Ich bin ganz ausgefüllt von den Klängen, und in meinem Kopf läuft ein Videoclip wie ein Traum in sanften Farben und verschwommenen Formen ab. Alles, was ich fühlen kann – Traurigkeit, Schmerz, Enttäuschung, aber auch Freude, Lust und Zuneigung –, findet den passenden Ausdruck über meine Stimme in den verschiedenen Strophen und dem Refrain. Während ich singe, sind mir meine Gefühle zum Berühren nah, und …
Wir werden abrupt gestoppt. Ein Hämmern an der Tür, dass die Wände wackeln. Sophie schlägt eine Disharmonie an, meine Stimme sackt herab, da hören wir meine Mama, laut rufend, um uns zu übertönen: „Macht mal den CD-Player leiser, Mädels!"
Schweigen senkt sich über Sophie und mich, während wir lauschen, wie sich die Schritte meiner Mutter eilig entfernen.
Stille.

Dann Sophie: „Hat deine Mutter gerade gesagt, wir sollen den CD-Player leiser stellen?“
Ich mache einen Luftsprung.
„Ja, ja, ja“, kreische ich und reiche Sophie eine Hand, um sie hochzuziehen. Als sie vor mir steht, strahle ich sie an. „Meine Mama hat echt geglaubt, dass hier eine CD läuft. Dabei waren das nur wir. Ist das nicht geil?“
Meine Stimme kiekst vor Begeisterung.
Sophies Augen schimmern. „Wow“, haucht sie und grinst dann.
Wir führen ein Jump-Tänzchen auf und kreischen um die Wette, bis Sophie stoppt und mir fragend in die Augen sieht. „Das heißt also, wir beide versuchen es zusammen?“
„Auf *jeden* Fall“, rufe ich überschwänglich. Ehe ich noch „Hallo?“ sagen kann, fällt Sophie mir um den Hals. „Wir müssen aber noch viel üben“, sage ich, auf einmal wieder nüchtern.
Sophies Strahlen bleibt. „Dann fangen wir am besten gleich noch einmal von vorn an.“
Genau das tun wir.

Willkommen im Irrenhaus!

Meine Stimme und Sophies Gitarrenspiel passen umwerfend gut zueinander. Trotzdem steht nach der ersten Probe fest, dass noch viel Arbeit vor uns liegt. Ab und zu kommen wir aus dem Takt oder verpassen unsere Einsätze. Sophie verzupft sich oft an der gleichen Stelle. Ich treffe ein paar Töne nicht auf Anhieb.
Im Ernstfall wäre das unser Todesurteil.
Dummerweise fällt Harry ausgerechnet in dieser heißen Phase als Coach aus. Am Anfang der nächsten Musikstunde klingt sie beim Sprechen, als wolle sie mit Linus und seiner Trompete ein Elefanten-Durchfall-Konzert einüben, fünf Minuten später bekommt sie kein Wort mehr heraus und meldet sich krank. Und das, bevor Sophie und ich unser Lied vortragen und uns Profi-Tipps von ihr abholen können.
Lampe meint, sie sei bestimmt bald wieder fit und stehe uns zur Seite. Denn obwohl Harry mich noch nie

hat singen hören, hat sie dem Schulleiter mitgeteilt, dass aus der Klasse 6b Fabienne und Ayila mit dem Querflötenstück und Sophie und ich mit Gitarre und Gesang antreten werden.

Ich wünschte, ich hätte selbst so viel Vertrauen in mein Talent wie sie. Klar hat es mich aufgebaut, dass Mama geglaubt hat, mein Gesang käme von einer CD. Aber auch die Leute auf der Titanic haben gedacht, ihr Schiff sei unsinkbar, und dann sind sie mit Karacho gegen den Eisberg gedonnert und abgesoffen.

Mein persönlicher Eisberg rückt Tag für Tag näher. Alles, was Sophie und ich dagegen unternehmen können, komplett unterzugehen, ist: üben, üben, üben.

Unfassbar, aber Sophie wird tatsächlich so etwas wie die Freundin des Hauses.

Theo hält ihr jedes Mal die Hand zum Abklatschen hin, wenn sie bei uns einläuft, Papa werkelt an den losen Steinstufen der Eingangstreppe und lässt Sophie über sich hinwegsteigen, und Mama überschüttet uns mit klein geschnittenem Obst und Keksen. Selbst Rex begrüßt sie schnurrend, seit sie ihn einmal auf den Arm genommen und wie eine Katzenflüsterin etwas in sein spitz aufgerichtetes Ohr genuschelt hat.

Das Problem für mich ist nun, dass ich zwar die Nachmittage mit Sophie verbringe, aber während der Schul-

zeit sehr dringend den Eindruck vermeiden möchte, dass wir beide total dicke sind.
In den Pausen verwickle ich Isabel, Marit und Klara in Gespräche, weil ich weiß, dass Sophie sich niemals trauen würde sich zu uns zu stellen. Aus den Augenwinkeln sehe ich, dass sie dann am Zaun steht wie am ersten Schultag, die Arme vor der Brust verschränkt, die Haare ins Gesicht gezogen.
Was mag sie denken?
Ich fühle mich dabei nicht besonders gut, aber ich beruhige mein Gewissen, indem ich sofort ablenke, wenn Isabel über Sophie lästern will. Wie ich es auf Dauer hinkriegen soll, sowohl mit dem Isabel-Trio als auch mit Sophie keinen Stress zu bekommen, weiß ich nicht.
Angespornt von Tony und unterstützt von Sophie habe ich mein Zimmer inzwischen einigermaßen eingerichtet. Die meisten Kartons sind ausgepackt, das Bett ist aufgebaut. Die Lillifee-Aufkleber hat Sophie mit einer Nagelfeile abgeknibbelt. Auf die Kratzstellen habe ich Leuchtsterne geklebt.
Mama hat die Wände in Weiß und Flieder gestrichen. Am Fenster hängt eine Leuchtgirlande mit winzig kleinen lila Blumen, die Mama mir aus purer Nettigkeit geschenkt hat.

Eigentlich könnte man sich nun in meinem Zimmer richtig wohlfühlen.
Das ist auch wichtig, denn Sophie und ich haben an diesem Freitag Großes vor: Wir wollen entscheiden, mit welchem Song wir bei dem Vorausscheid antreten. *Beautiful* ist unser bestes Stück, aber es gibt noch ein paar andere, die wir ausprobiert haben und die sich klasse anhören.
Ausgerechnet an diesem Nachmittag ist in unserem Haus die Hölle los.
„Hau ab!" Tonys Stimme hallt wie aus einem Megafon über den Flur durch die offene Tür in mein Zimmer. Bis jetzt war nur Papa zu hören, der mit seinem Bandschleifer die Gipsplatten im Treppenhaus bearbeitet. Die ganze Villa vibriert. Überall liegt eine zentimeterdicke weiße Staubschicht.
Sophie sieht aus wie kopfüber in Puderzucker gefallen, als sie in mein Zimmer hechtet. Sie schüttelt sich vor dem offenen Fenster das Zeug aus den Haaren und zieht den Mundschutz ab, den Mama ihr unten aufgezwungen hat, damit sie es ohne Hustenanfall zu mir hoch schafft.
„Verzieh dich!", brüllt Tony draußen.
Rumms, knallt ihre Tür und Theo heult los. Sofort ist Mama zur Stelle, tröstet ihn und schreit Tony durch

die geschlossene Tür an, sie solle sich ein bisschen zusammenreißen.
„Immer nervt der!“, brüllt Tony zurück.
Theo beginnt zu kreischen wie eine Sirene. „Ich wollte nur meinen Gespensterdetektor zeigen!“
Ich hab das Teil schon gesehen. Es besteht aus einem Schlauch, drei Kleiderbügeln und einer kaputten Fernbedienung. Ich kann verstehen, dass Tony keinen Wert darauf legt, dass der Typ, der bei ihr zu Besuch ist, mit unserem kleinen Bruder ein Fachgespräch über die Bekämpfung von Geistern führt. Aber müssen die alle ihre Meinung in einer solchen Lautstärke sagen? Da stellt Papa auch wieder seine Höllenmaschine an.
„Schau mal, Silke!“ Oma Meggie ist mit zwei Eimerchen die Treppe hochgestiegen und muss genau wie die anderen schreien, um gegen den Lärm anzukommen. „Bio-Wandfarben auf Lehmbasis. Die wirken sich positiv aufs Wohnklima aus. Andernorts bauen sie ganze Häuser aus Lehm. Du glaubst gar nicht, wie …“
„Ich habe mich schon für eine andere Farbe entschieden!“, brüllt Mama zurück und beruhigt nebenbei weiter schreiend Theo.
Der quengelt noch mehr und beschwert sich in voller Lautstärke über die Gespenster auf dem Dachboden, die angeblich die Mäuse vor seiner Falle warnen.

Sophie schaut mich mit Kälbchenblick an.

Ich hebe entschuldigend die Schultern. „Willkommen im Irrenhaus."

Wie sollen Sophie und ich hier nur proben?

Es hilft nur eins: Flucht!

Ich überlege, ob wir auf dem Dachboden dem Lärm entkommen können. Gespenster gibt es da zwar nicht, wie Theo glaubt, trotzdem wird mein Blut zu Eiswasser, wenn ich mir vorstelle mich mit Sophie auf eine der wackeligen Kisten zu hocken, die noch vom Vorbesitzer da oben stehen. Wer weiß, was da alles drin ist? Außerdem gibt es dort noch ganz andere Sachen, die uns vom Üben abhalten. Spinnen zum Beispiel. Ihre Netze spannen sich riesig wie zum Trocknen aufgehängte durchsichtige Vorhänge zwischen den Dachbalken.

„Alles in Ordnung, Frida?" Sophie hat ihre Grundreinigung abgebrochen.

Ich schüttele mich kräftig. „Logo."

Der Dachboden fällt als Fluchtziel auf jeden Fall flach. Aber wo sollen wir sonst hin?

Moment mal.

Wer hat eigentlich gesagt, dass wir uns nur bei mir treffen können?

Ich packe Sophies Arm und presse meinen Mund ganz dicht an ihr Ohr. „Wir gehen zu dir."

Sophie verzieht das Gesicht und fängt wieder an sich den Gipsstaub abzuklopfen. Auf ihrer cremefarbigen Bluse erscheinen immer mehr weiße Handabdrücke.
„Weißnich." Die Haare fallen ihr vors Gesicht, aber ich sehe, dass sie auf ihrer Unterlippe kaut und angestrengt nachdenkt.
Wo liegt das Problem? In den letzten Tagen waren wir ständig bei mir. Ist es da nicht normal, dass sie mich einmal zu sich einlädt? Als Gegenbesuch sozusagen?
Papa legt jetzt direkt vor meiner Tür los. Tonys leere Parfumfläschchen, die ich vor dem Glascontainer gerettet und in meinem Regal hübsch nebeneinander aufgereiht habe, klirren.
Sophie nickt.
Endlich sieht sie ein, dass an eine Probe bei mir heute nicht zu denken ist.
Ich hole am Fenster tief Luft und stürme dann wie beim 100-Meter-Lauf der Bundesjugendspiele durch die offene Tür an Mama, Theo und Oma vorbei.
„Bin bei Sophie!", rufe ich und tauche in die weiße Nebelwand ein, die Papa umgibt. Sophie poltert hinter mir her die Treppe herunter.
Draußen scheint die Sonne, überall summt und brummt es, als wäre unser Garten der wichtigste Bienen- und Hummelflughafen im Umkreis. Auf den wild

wuchernden Rosenbüschen hocken Schmetterlinge und klappen die Flügel auf und zu. Sogar eine Libelle hat sich vom Birkensee hierher verirrt und schwebt elegant herum.
Nur Sophie schaut, als würde gleich der erste Schnee fallen und alles in Matsch und trostlose Starre verwandeln. Sie bleibt im Vorgarten stehen und rührt sich keinen Millimeter.
„Gehen wir?“, frage ich und zupfe ungeduldig an ihrer Bluse.
Endlich schlurft sie los. Ich halte mich an ihrer Seite, aber Sophie weicht meinem Blick aus und scheint sich plötzlich brennend für ihre Schuhspitzen zu interessieren.
„Wird doch sowieso mal Zeit, dass ich deine Leute kennenlerne, oder?“, will ich ein Gespräch in Gang bringen.
„Hm“, macht Sophie.
Da quatschen wir in den letzten Tagen über jeden Song, der uns einfällt. Wir sprechen uns gegenseitig Mut zu, wenn wir an den Wettbewerb denken und daran, dass wir vor der ganzen Schule auftreten werden. Selbst über den Unterricht unterhalten wir uns und über die anderen aus der Klasse.
Und jetzt schweigt Sophie.

Langsam wird mir das unheimlich.
Langsam wird *sie* mir wieder unheimlich.
Habe ich etwas Falsches gesagt? Nimmt Sophie mir inzwischen doch übel, dass ich in den Pausen nicht mit ihr, sondern mit Isabel, Marit und Klara abhänge? Kommt jetzt der Stress, vor dem ich mich die ganze Zeit fürchte?
Ob sie sich insgeheim wünscht vom Trio um Isabel nerkannt zu werden? Vielleicht ist sie ja auch neidisch, dass ich es auf Anhieb geschafft habe und sie nicht? Aber solange sie weiterhin so abgedreht angezogen ist, braucht sie darauf auch nicht zu hoffen. Ihr Rock, den sie heute trägt, war vielleicht mal im vorletzten Jahrhundert in Mode. Und ihre Lackschuhe haben Riemchen und Absätze, die auf dem Asphalt klicken.
Merkt Sophie überhaupt, dass sie voll schräg aussieht? Ob ich sie mal darauf ansprechen soll?
Machen Freundinnen so was oder wäre das gemein? Richtige Freundinnen sind wir ja nicht. Nur etwas in der Art.
Pia ist eine richtige Freundin. Vielleicht sollte ich mit der mal über Sophie reden. Allerdings würde die Sophies komischen Geschmack hundertpro darauf schieben, dass Birkensee voll hinter dem Mond liegt und

man sowieso nur in Berlin weiß, was angesagt ist und was nicht.

„Traktorfahren und Kuhmist", sagt Pia immer trocken. Dabei kennt sie Birkensee gar nicht. Sie müsste über ein Wochenende zu Besuch kommen, damit ich ihr alles zeigen und sie sich selbst ein Bild machen kann. Das hat bis jetzt ja leider nicht hingehauen, weil entweder Pia schon etwas vorhatte oder unsere Villa wegen mörderischem Hämmern und Bohren Sperrzone war.

Ein weiterer Gedanke schiebt sich in meinen Kopf. Die kleinen Härchen in meinem Nacken richten sich auf. Im letzten Jahr hat Tony im Religionsunterricht ein Referat über Sekten gehalten. Zu Hause hat sie von Leuten erzählt, die jeglichen Fortschritt ablehnen und ohne Strom und Autos leben. Im Internet hat sie uns Fotos gezeigt, wie die so herumlaufen. Wenn ich es mir jetzt überlege … Die sahen genauso aus wie Sophie. Urgs.

Ich blicke sie von der Seite an und merke jetzt erst, dass wir die City längst hinter uns gelassen haben. Irgendwo quietscht ein Zug, ich höre das Rumpeln schwerer Waggons, die gegeneinanderstoßen. Rings um uns herum ragen die Wohnblocks in die Höhe, die ich bei meiner Ankunft am Rand des Orts gesehen

habe. Aus der Nähe sehen sie noch viel weniger einladend aus als von weitem.
Balkon über Balkon, an jedem hängt eine Satellitenschüssel, auf manchen sind Wäscheleinen gespannt, an denen ein paar fleckige Unterhemden in der Sonne baumeln. Bis zu einer Höhe von zwei Metern sind die Wände mit knalligen Graffiti besprüht. Ein paar Kinder spielen auf grauem Asphalt Fußball zwischen halb offen stehenden Müllcontainern.
Ich schlucke Spucke, weil mein Hals auf einmal trocken wird.
Zwei Möglichkeiten: Entweder habe ich mich komplett in Sophie getäuscht und sie rächt sich gleich in einer dunklen Ecke an mir, weil ich sie am ersten Schultag habe abblitzen lassen.
Oder aber sie ist in einer Sekte und wird sich gleich mein Handy krallen und in die Tonne treten, weil es in ihren Augen Teufelszeug ist. Dann schleppt sie mich zum Oberguru, der mir eine Gehirnwäsche verpasst, und ich laufe anschließend wie Sophies Zwilling in Glockenrock und Rüschenbluse durch Birkensee.
Wenn das mal keine tollen Aussichten für einen gelungenen Nachmittag sind.
Sophie packt mich am Arm.
„Aargh“, sage ich. Aber bevor ich um Hilfe schreien

kann, zieht sie mich in einen dunklen Hauseingang. Es riecht nach Erbsensuppe und Katzenpipi. Der letzte Rest Sonnenlicht bleibt draußen, als die schwere Tür hinter uns zuschlägt. Drinnen brennt keine einzige Lampe.

Kein Strom, sag ich doch.

Ich spüre Sophie ganz nah bei mir. Mein Blut hört auf zu fließen. Sophie haucht mir warm in den Nacken, ihre Flüsterstimme ist ganz dicht an meinem Ohr.

„Dann mach dich mal auf ein richtiges Irrenhaus gefasst."

Tatik und Papik

„Noch Honigtorte?“

Ich sitze eng neben Sophie auf dem kleinen orange und rot gestreiften Sofa und schiebe den letzten Rest meines dritten Stücks in den Mund. Die Frau, die Sophie und mich an der Tür empfangen hat, lächelt erwartungsvoll. Sie ist kaum größer als ich und zierlich. Sie trägt ein Kleid mit kleinem Kragen und schmalem Gürtel um die Taille. Ihre Haare haben die Farbe von Salz und Pfeffer und liegen in ordentlichen Wellen um ihr Gesicht, das mich an ein Mäuschen erinnert: kugelrunde braune Augen, kleine spitze Nase, kleiner Mund. Beim Lächeln sieht man nur ihre Schneidezähne.

„Gerne“, bringe ich irgendwie hervor, ohne mich zu verschlucken. „Ist echt lecker.“

Frau Belasan lädt mir ein weiteres Stück auf und verschwindet in die Küche. Nach den staubtrockenen

Dinkelmuffins von Oma Meggie ist die Cremetorte das Paradies. Beinahe so gut wie Stracciatella-Eis. Ich grinse Sophie mit vollem Mund an.
Meine Panik hat sich ein bisschen gelegt. Eine Frau, die aussieht wie Frau Belasan, führt vielleicht nichts Übles im Schilde. Und eine, die aus dem Nichts heraus eine köstliche Honigtorte auf den Tisch zaubert, schon gar nicht. Ich überlege nur, ob sie, wie man ja vermuten sollte, Sophies Mutter ist. Vom Alter her, wenn auch nicht vom Stil, ist sie eher so Oma-Meggie-Liga.
Auch wenn ich nicht mehr hysterisch bin – ein mulmiges Gefühl bleibt.
Das Viertel ist nicht gerade das Vornehmste. Im Treppenhaus haben sich die Graffiti von draußen fortgesetzt, sogar die Briefkästen haben die Idioten vollgesprüht. Unsere Schritte hallten uns kalt und unheimlich nach, während wir in den dritten Stock gestiegen sind. Der Geruch wechselte von Tür zu Tür. Zunächst wurde die Erbsensuppe so intensiv, dass ich fast würgen musste, dann wechselte es zu Allzweckreiniger mit Zitrusduft und im dritten Stock roch es irgendwie … weihnachtlich. Mitten im August.
Nachdem Sophie geklingelt hatte, flog Sekunden später die Wohnungstür auf und Frau Belasan schlug die

Hände vor Freude zusammen. Sie zog Sophie an sich heran und drückte und küsste sie, als hätte sie bis gerade eben noch als vermisst gegolten. Ich musste kichern, aber dann ließ Frau Belasan von Sophie ab, ignorierte meine ausgestreckte Hand und mein höfliches „Ich bin Frida“ und nahm mich in die Arme wie eine verloren geglaubte Tochter.

Küsschen links auf die Wange und eins rechts. Ich konnte gerade noch verhindern, dass Frau Belasan mir beim Schuheausziehen hilft, so überfürsorglich war sie, aber ich musste mir gleich zeigen lassen, wo der Kühlschrank steht, und versprechen, dass ich mich jederzeit bediene, wenn mir danach ist.

„Wir wollen eigentlich in mein Zimmer, Tatik. Wir müssen proben“, sagte Sophie.

Tatik? Meine Verwandtschaft ist Weltmeister im Ausdenken von irren Kosenamen, aber den kannte ich noch nicht.

Frau Belasan schob uns ins Wohnzimmer, wo wir schweigend warteten, während ich mich mit offenem Mund umschaute und Sophie ihre Fingernägel betrachtete. Kurze Zeit später kehrte Frau Belasan mit der Honigtorte und frisch aufgebrühtem Früchtetee wieder zurück. Daher also das Weihnachtsfeeling im Treppenhaus.

Die Torte war auch nötig, damit ich endlich mal wieder den Mund zukriege. Der ist mir vor lauter Staunen nämlich offen stehen geblieben.
Sophie lebt in einem Museum.
Zumindest sieht es so aus. Schon im Flur sind mir die vielen gerahmten Fotos aufgefallen. Im Wohnzimmer ist eine ganze Wand voll davon. Von oben bis unten. Die meisten Bilder sind schwarz-weiß, auf den anderen verblassen die Farben schon. Sie zeigen hohe Berge, auf denen wie Sahnetupfen Schnee liegt oder deren Gipfel in den Wolken verschwinden, glitzernde Seen oder unendlich weit scheinende Grasebenen. Auf anderen Bildern sind Frau Belasan und ihr Mann zu sehen. Die Eheleute tragen seltsame Trachten – sie hat ein weißes Häubchen mit bunten Kordeln daran auf – und grinsen glücklich in die Kamera. Manchmal hält Frau Belasan ein kleines Kind im Arm. Sophie, ganz klar.
Allerdings verstehe ich nicht, wieso die beiden auf diesen Bildern nicht lachen. Die müssen doch happy gewesen sein? Vielleicht wegen Schlafentzug? Als Theo seine Zähne bekommen hat, mussten Mama und Papa ihn nächtelang herumtragen und sind tagsüber rumgelaufen wie Zombies. Schatten unter den Augen bis zu den Kniekehlen und eine Laune, bei der man die beiden besser nicht gereizt hat.

Der absolute Wahnsinn sind aber die Instrumente im Wohnzimmer. Ich zähle mindestens fünfzehn Akkordeons. Das sind diese riesigen Quetschkommoden, die man sich auf den Schoß setzt und wie einen Blasebalg auf und zu bewegt, während man spielt.
„Dir gefallen meine Schätze?“, höre ich eine Stimme von der Tür.
„Hallo, Papik“, sagt Sophie.
Ich beschließe, hier gar nichts mehr seltsam zu finden. Oder sind das am Ende gar keine Kosenamen, sondern echte?
Papik sieht aus wie ein dicker grummeliger Bär mit grauem Fell. Sein Bart ist nur noch an wenigen Stellen mit schwarzen Haaren durchsetzt. Sooo grummelig kann er aber nicht sein, denn die Falten um seine Augen kommen eindeutig vom vielen Lachen.
Bevor ich runterschlucken und antworten kann, setzt er sich uns gegenüber neben seine Frau und packt das nächstbeste Akkordeon auf seinen Schoß.
Er zieht es auseinander, drückt es wieder zusammen und spielt eine schwermütig klingende Tonfolge. Dann lacht er, pumpt wieder und lässt seine Finger für eine heitere Melodie über die Tasten sausen. Ein paar Töne trifft er nicht richtig, seine Stirn furcht sich und am Ende schüttelt er erst den Kopf, dann die Hände.

„Alte Finger", lacht er. „Früher ich habe besser gespielt."
Wie bei seiner Frau klingt das *Ü* beinahe wie ein *I* und auch das *habe* spricht er anders aus, als ich es gewohnt bin: *chabe.*
„Das war toll." Ich stelle den Teller ab und klatsche. Auch wenn ein paar Töne danebengingen, ist mir jetzt klar, von wem Sophie das musikalische Talent hat.
Papik-Bär grinst und deutet eine Verbeugung an.
„Oh", macht er, „Applaus ist fast besser als früher in Zirkus."
Wahrscheinlich fallen mir gleich die Augen raus, so weit reiße ich sie auf. Er hat im Zirkus gespielt? Daher also die vielen Aufnahmen aus der ganzen Welt.
Wenn Isabel und die anderen Lästermäuler wüssten, wie nahe sie der Wahrheit mit ihren Witzen über Sophies Kleider kommen!
Allerdings ist es jetzt, wo Tatik und Papik vor mir sitzen, nicht im Geringsten lächerlich. Eher aufregend. Wo die beiden überall herumgekommen sind und was sie gesehen und erlebt haben müssen? Er hat also Musik im Zirkus gemacht – und sie? Ich mustere sie unauffällig. Ich könnte sie mir gut als Seiltänzerin im Tüllrock mit Schirm vorstellen oder als Kunstreiterin, die Handstand auf einem Pony mit Federschmuck macht.

Ich will die beiden gerade bitten mir von ihrer Zeit im Zirkus zu erzählen, als Papik das Akkordeon an seinen Platz stellt und aufsteht.
„Wenn ihr seid satt, geht gerne in Sophies Zimmer", sagt er. „Ist nicht zu oft, dass Sophie jemanden bringt mit nach Hause."
Neben mir rutscht Sophie tiefer ins Sofa. Ihre Lippen verziehen sich zu dünnen Strichen, und ich merke, dass sie eigentlich einen pampigen Kommentar abgeben will, wegen mir aber darauf verzichtet. Sie weicht meinem Blick aus und schaut angestrengt auf den Tisch.
„He", sage ich, nachdem die beiden mit Tellern und Tassen in die Küche verschwunden sind. „Es heißt ja gar nichts, dass du nur selten jemanden mitbringst."
Natürlich heißt es was. Nämlich dass sie keinen hat, den sie mitbringen kann.
Und das weiß Sophie so gut wie ich.
„Ich will gar nicht viele Freunde haben", behauptet sie. „Die machen nur Ärger."
„Mache ich dir Ärger?"
„Nee, du natürlich nicht. Du bist eine Ausnahme. Aber es gibt so viele Knalltüten … Lieber allein sein, als sich mit denen den Tag zu vermiesen."
Da ist was dran, das muss ich eingestehen. Die Fra-

ge ist nur, ob sich Sophie tatsächlich aussuchen kann, wen sie als Freund hat, oder ob es nicht eher so ist, dass sie sich freuen kann, wenn überhaupt jemand mit ihr abhängt.
Sophie mustert mich von der Seite. „Ich weiß genau, was du jetzt denkst."
Meine Wangen glühen. „Ja?"
Sie nickt. „Du denkst: Sophie wäre froh, wenn mehr Leute ihre Freundin sein wollten. Aber leider ist sie nun mal die Außenseiterin der Klasse, mit der niemand was zu tun haben will."
So in etwa kommt das hin, ja.
„Quatsch", sage ich.
„Doch, das denkst du, und soll ich dir was sagen? Du hast Recht."
„Wie jetzt?"
„Manchmal ist mir ganz übel, wenn ich so allein auf dem Schulhof stehe ... Aber ich verstehe schon, dass die Leute finden, dass ich nicht dazugehöre. Meine Klamotten ..."
„Ja?" Gut, wenn sie selbst das Thema darauf bringt. Das ist doch mal ein Ansatz für die Lösung ihres Problems.
Sophie seufzt. „Ich weiß doch selbst, dass ich ab und zu komisch aussehe."

Ab und zu ist gut. Aber ich bin wirklich überrascht und schaue Sophie erwartungsvoll an. Sie steht auf und zeigt an sich herunter.
„Der letzte Schrei ist das wirklich nicht. Nicht dass ich mich aufdonnern würde wie die blöde Isabel. Aber bei H & M shoppen gehen wäre auch mal schön."
„Kapier ich nicht", sage ich. „Wieso sagst du deinen Eltern nicht, dass deine Sachen megaout sind und dass du neue brauchst?"
Sophie plumpst ins Sofa und legt den Kopf zurück.
„Meinen Großeltern. Serj und Sarine sind meine Großeltern. Die beiden kriegen nur eine ganz kleine Rente. Wir müssen froh sein, dass wir uns die Wohnung leisten können. Für Klamotten bleibt da nicht viel."
Ich schlucke schwer. An Sophies Flüsterton merke ich, dass mir die Antwort auf die Frage nicht gefallen wird, die ich stellen muss.
Meine Stimme kommt piepsdünn. „Warum lebst du nicht bei deinen Eltern?"
„Meine Eltern sind gestorben. Autounfall. Ich war noch ein Baby, und weil sonst niemand da war, der sich um mich hätte kümmern können, haben Tatik und Papik mich aufgenommen."
Tatik und Papik? Aha. Endlich kapiere sogar ich es. Oma und Opa, klar. Dass Sarine und Serj Belasan

nicht aus Deutschland stammen, habe ich mir schon gedacht.
„Meine Familie kommt ursprünglich aus Armenien“, erklärt Sophie, als ich sie danach frage.
Soll ich zugeben, dass ich keine Ahnung habe, wo das liegt? Aber Sophie grinst schon. „Armenien schließt östlich an die Türkei an. Das ist schon in Vorderasien.“
So weit weg? Wow.
Ich merke, dass Sophie an ihre verstorbenen Eltern denkt, und lege ihr die Hand auf den Oberschenkel, wie Oma Meggie oder Mama es bei mir tun, wenn ich mal traurig bin.
Wenn ich mal traurig bin?
Sophie erzählt mir gerade, dass ihre Eltern tot sind, und ich vergleiche das mit meinen Problemen. Ich komme mir sofort klein und schäbig vor.
Was habe ich für einen Grund, mich wegen eines Umzugs zu beschweren? Meine Eltern leben, ich habe zwei Geschwister, die zwar oft nerven, die ich aber gegen keine anderen Geschwister auf der ganzen Welt eintauschen würde, und Großeltern, die immer wieder mal bei uns reinschneien, um die Familie aufzumischen. Außerdem haben wir Geld ohne Ende und ich muss mir über so was wie Klamotten überhaupt keine Gedanken machen.

„Das Blöde ist", sagt Sophie, „dass ich mich gar nicht erinnern kann. Ich war zu klein. Ich weiß gar nicht, wie das ist. Eltern zu haben, meine ich."

Sie wirft die Haare zurück und schaut mich mit ihren großen Augen an. Ich soll doch jetzt nicht allen Ernstes antworten, oder? Ich könnte nämlich nur sagen, dass meine Eltern mir in letzter Zeit immer öfter auf den Keks gehen. Dass es trotzdem Hölle wäre, wenn Mama mich nach der Schule nicht mit ihren blöden Fragen löchern oder Papa mit seiner trockenen Art nicht jeden Witz versauen würde, den er erzählt. Nee, Eltern sind schon eine gute Sache und ich will mir gar nicht vorstellen, wie das ohne sie wäre.

Ich kann Sophies Blick nur erwidern und ihr das Bein streicheln. Ein dicker Kloß bildet sich in meinem Hals. Was ich mir nur dabei gedacht habe, Sophie am ersten Schultag so blöd anzumachen? Ich kannte sie doch gar nicht. Nur weil sie schräg aussah und ich Angst hatte, bei den anderen unten durch zu sein.

Meine Augen füllen sich mit Tränen. Sophie zieht mich in die Arme, als wäre ich diejenige, die Trost braucht.

„Tut mir leid", schluchze ich.

Sophie schiebt mich von sich, um mir ins Gesicht zu schauen.

„Aber du kannst doch nichts dafür."

Doch, will ich sagen, verkneife es mir aber. Mir ist nur eins klar geworden: Sophie ist, wie sie ist. Und so ist sie genau richtig.

Sie knufft mich in die Seite und grinst. „Ich habe doch Tatik und Papik. Die sind superlieb. Ich kann mich voll auf sie verlassen."

„Außer wenn es um Mode geht", sage ich und gluckse unter Tränen.

„Stimmt." Sophie lacht. Sie steht auf und klatscht in die Hände wie Harry Frischmuth. „Aber wir sind nicht zum Heulen hier. Wir haben etwas vor, oder?"

„Yes." Ich drücke mich nach oben. „Los geht's."

Ein Song für uns

Man sieht Sophies Zimmer an, dass sie sich Mühe gibt, es gemütlich zu machen. An den Wänden kleben Poster von Christina Aguilera und Pink, die Bücher in den Regalen sind sortiert. Auf dem Nachtkasten steht ein Potpourri mit Rosenblättern.
Der Bettbezug dagegen scheint aus demselben Jahrhundert zu stammen wie Sophies Klamotten. Erst auf den zweiten Blick erkenne ich Schneewittchen und die sieben Zwerge, so verblasst sind die kleinen Bilder und so zerschlissen ist der Stoff. Auch der Teppich ist abgetreten, an manchen Stellen schimmert der kalte Boden durch. Glücklicherweise sieht man vom Teppich nicht viel, denn entweder hätte der Papierkorb neben Sophies Schreibtisch schon vor Wochen geleert gehört oder aber er ist so was wie ein Vulkan, der zerknüllte und in Schnipsel zerrissene Blätter ausspuckt und rund um sich herum verteilt.

„So sieht's bei mir auch aus, wenn's mit den Hausaufgaben nicht läuft." Ich deute auf das Chaos. „Vor allem bei Mathe."
Sophie legt ihre Gitarrentasche aufs Bett und geht auf die Knie. Ihre Augen tauchen kurz zwischen den langen Haaren auf. Schnell schaut sie weg.
He, ein voller Papierkorb muss ihr doch nicht peinlich sein. Ich bücke mich und will ihr beim Aufräumen helfen, damit wir mit der Probe anfangen können. Ich strecke die Hand aus, aber Sophie schnappt mir ein Papierknäuel vor der Nase weg.
„Das sind keine Hausaufgaben. Das sind … also ich …"
Was denn nun?
„… ich schreibe eigene Songs." Sie lässt das Papier fallen. „So, jetzt hab ich es gesagt und du kannst lachen."
Lachen? Ich? Wieso?
„Cool", sage ich. „So viele Lieder hast du schon geschrieben?"
Jetzt lacht Sophie und tippt an den Papierkorb. Die gerade aufgeschichteten Blätter purzeln wieder herunter und verteilen sich auf dem Boden.
„Das ist nur einer. Aber den bekomme ich nicht hin. Melodie und Akkorde stehen, aber am Text beiße ich mir die Zähne aus. Der will nicht richtig passen. Na ja, kann man nichts machen." Sie steht auf und packt

ihre Gitarre aus. „*Beautiful* zum Aufwärmen? Und dann gehen wir durch, welche Songs wir haben, und entscheiden uns für einen?“

„Mhm“, mache ich und beobachte, wie Sophie ihre Gitarre stimmt.

Einen halben Meter vor mir liegt das Papierknäuel. Lesen würde ich schon gerne, was Sophie so schreibt. Aber wäre das nicht, als würde ich heimlich einen Blick in ihr Tagebuch werfen, das sie unvorsichtigerweise hat liegenlassen? Ein absolutes No-Go. Ein eigener Song ist doch so etwas wie ein Eintrag in ein Tagebuch, oder? Eben nur mit Musik.

Andererseits: Warum schreibt man Songs, wenn nicht aus dem Grund, sie jemandem vorzuspielen?

Sophie zupft probeweise die ersten Noten. Wenn ich mich beeile, merkt sie es überhaupt nicht … und wenn der Song wirklich so grottig ist, wie sie sagt, kann ich immer noch tun, als wüsste ich von nichts.

Vorsichtig nehme ich das Papier und streiche es glatt. Ich lese die ersten Zeilen.

Immer wieder sind Wörter durchgestrichen und durch andere ersetzt. Eine ziemliche Krakelschrift hat Sophie, aber ich kann entziffern, was da steht. Das reißt mich aus dem Stand heraus mit: *… have a dream … no one believes … not good enough … laugh 'bout me …*

Der Text handelt von einem Mädchen, das einen großen Traum hat. Aber niemand traut ihm etwas zu, alle halten es für nicht gut genug. Doch das Mädchen lässt sich nicht abbringen … *I am going my way, my way, my way* … und steht am Ende als strahlende Siegerin da.
„Ja“, rufe ich und springe auf die Füße.
Sophie hat genau die richtigen Worte gefunden.
Hier und da holpert der Text noch, aber er erzählt eine tolle Geschichte und weckt Gefühle.
Genau.
Endlich weiß ich es.
Darum geht es also beim Singen: Man muss etwas zu erzählen haben. Am besten etwas, das einen selbst bewegt, und dann kann man auch andere mit dem Lied berühren.
„Das ist es“, rufe ich und hüpfe durch Sophies Zimmer.
Sophie schaut mich an, als wären bei mir alle Sicherungen durchgeknallt.
„Was ist was?“, fragt sie.
Ich hüpfe zu ihr aufs Bett und kann gar nicht anders, als sie noch mal zu umarmen wie vorhin im Wohnzimmer. Wir purzeln nach hinten, und obwohl Sophie immer noch keinen Schimmer haben kann, wovon ich rede, lässt sie sich von meiner Freude anstecken und fängt auch zu kichern an.

Ich wedele mit ihrem Text durch die Luft.
„Das ist unser Song", sage ich, vollkommen außer Puste, und strecke mich auf dem Schneewittchen-Bett aus. „Für den Wettbewerb."
Sophie wird auf der Stelle todernst.
„Nie und nimmer. Das ist doch nur … Gekritzel."
Sie schnappt sich ihre Gitarre und zupft die ersten Akkorde von *Beautiful.*
Spinnt die denn komplett? Der Song ist genial. Wenn wir bei der Vorausscheidung eine Chance haben, dann damit. Denn wenn Sophie eine Melodie gefunden hat, die nur halb so gut ist wie der Text, kann eigentlich nichts schiefgehen. Die paar Stellen, die noch nicht hunderpro stehen, kriegen wir zusammen hin.
Ich überfliege den Text noch einmal.
„Hier", sage ich. „Das Mädchen sollte sich nicht verkriechen. Wieso schreibst du nicht, dass es seinem Ziel hinterherrennt? *Running and running and running?*"
Sophie legt den Kopf schräg.
„Würde ja supergut zu *my way, my way, my way* passen", sagt sie.
„Absolut!" Ich rutsche näher zu ihr ran und zeige ihr die anderen Sätze, bei denen sie etwas ändern könnte.
„Ja." In Sophies Augen funkelt es. „Das war das, was

ich nie wirklich gut fand. Aber so … Warum bin ich da nicht draufgekommen? Das ist ja pupseinfach."
„Jetzt spiel mal."
Ich bin immer noch ganz aus dem Häuschen und ich spüre, dass Sophie auch Feuer fängt. Sie schlägt ein paar Akkorde und geht zum Zupfen über. Wir schauen uns tief in die Augen. Wie bei unserer ersten Probe. Nur dass uns diesmal viel mehr verbindet als damals.
Sophie nickt. Ich setze mit der ersten Strophe an. Das klingt schon richtig gut, aber ich gebe Sophie ein Zeichen, sie zu wiederholen, und verändere am Ende ein Wort.
„Yeah", macht Sophie und konzentriert sich jetzt auf den Refrain. Da ändert sie das Tempo. Ein richtiger Ruck geht durch sie. Sie zupft und schlägt die Saiten, dass ich Angst habe, sie könnten jeden Moment reißen. Aber auch ich wippe mit dem ganzen Körper.
Wahnsinn!
Diesmal muss Sophie mir nicht den Einsatz zeigen. Ich spüre genau, wann ich anfangen muss, und singe von dem Weg, den das Mädchen einschlägt und unbeirrbar geht.
… I am going my way, my way, my way …
Wir spielen das Lied einmal komplett durch. Die Tempiwechsel sind ziemlich anspruchsvoll, aber wir

kommen kein einziges Mal aus dem Takt. Sophie greift alle Akkorde astrein. Ich weiß aus dem Bauch heraus, wo ich welchen Ton anstimmen muss.
Außer Atem schauen wir uns an.
„Das müssen wir nehmen“, sage ich. „Dein Lied ist der Hammer.“
„Nein“, sagt Sophie.
Nein? Wieso denn nicht? Sophie muss doch genau wie ich gespürt haben, dass wir gerade gezaubert haben. In meinem Kopf schwirrt es.
Ein Grinsen huscht über Sophies Gesicht. „Nicht *mein* Lied. Das ist jetzt *unser* Lied. Logisch treten wir damit an. Ein anderes geht doch gar nicht.“

Magengrummeln am Morgen

Mama steht in der Küche vor dem großen Apothekerschrank und zählt mir zum dritten Mal auf, was ich frühstücken könnte. Cornflakes, Müsli, Buttertoast, abgepackte Croissants.

Papa hat seine Zeitung zwar auf dem Tisch ausgebreitet, linst aber darüber hinweg und schaut zu mir. Auch Theo grinst mich an, als wäre ich ein zutrauliches Gespenst vom Dachboden.

„Sportler nehmen vor dem Wettkampf wenig Eiweiß, Fett und Ballaststoffe zu sich und setzen auf komplexe Kohlenhydrate, um die Speicher in Muskeln und Leber maximal aufzufüllen." Papa mal wieder.

Mama übersetzt, weil Tony sich gerade eine Schüssel holt und nichts mitkriegt. „Ein Müsli. Damit wärst du bestens für den Auftritt gewappnet. Papa hat Recht."

Papa zwinkert mir zu.

Irgendwie ist es ja süß, dass sie nun alle unsere Fans

sind, seit Sophie und ich zum ersten Mal unseren Song in der Villa geprobt haben. Zum Glück waren an diesem Tag keine lauten Arbeiten angesagt, dafür hatte Papa sämtliche Türen ausgehängt und zum Lackieren in den Garten geschleppt. Sophie und ich waren total drin in unserem Song und haben nichts um uns herum mitbekommen. Erst am Ende, als plötzlich Mama und Papa, Oma und Opa, Theo und Tony applaudiert haben, ist uns klar geworden, dass die anderen schon eine Weile bei mir im Zimmer gestanden haben mussten.

„Das war toll", sagte Mama und umarmte mich. „Also von mir hast du die schöne Stimme nicht. Von Papa sowieso nicht. Und Sophie", Mama drückte auch Sophie einmal ganz fest und ich konnte sehen, wie Sophies Gesicht rosa anlief, „ich muss schon sagen, das war Wahnsinn. Meine Güte, wenn ihr so spielt, habt ihr tatsächlich eine Chance beim Vorausscheid."

Theo drängelte sich gleich in den Vordergrund.

„Hab ich doch gesagt!", rief er wie mein Manager. Er hat als Erster an meinen Erfolg geglaubt. Das werde ich meinem kleinen Bruder nie vergessen.

Dass Mama und Papa mich jetzt betüddeln und sich am liebsten heimlich in die Schule schleichen würden, um meinen Auftritt zu erleben, ist toll. Aber erstens bin ich weder ein Sportler, der gleich hundert Bahnen laufen muss, noch singt es sich mit vollem Magen besonders gut.

Ich schlürfe einen kleinen Schluck Kakao aus meiner Elefantentasse.

An diesem Freitag fällt der Unterricht aus. Schulfrei ist aber nicht, hat Schulleiter Lampe mit erhobenem Zeigefinger betont. Es bestehe „Anwesenheitspflicht" in der Aula. Alle Klassen von der ersten bis zur sechsten sollen bei der Vorausscheidung dabei sein. Viele finden den Musikwettbewerb spannend, aber ich wette, es gibt auch einige, die lieber Mathe und Sport gehabt hätten, als mitzuerleben, wem auf der Bühne die Lehrerjury genügend Talent bescheinigt, um die Schule beim Wettbewerb würdevoll zu vertreten. Mir wäre es recht, wenn der größte Teil der Schülerschaft heute blaumacht. Kein Problem, vor leeren Rängen zu singen. Das verringert das Risiko einer gewaltigen Blamage.

Aber mich fragt ja keiner.

Ich schiele zur großen Küchenuhr.

Der Sekundenzeiger kriecht von einem Strich zum nächsten.

War der schon immer so langsam? Wann hat Papa eigentlich das letzte Mal die Batterien ausgewech-

selt? Was, wenn die Uhr nachgeht und es in Wahrheit schon eine halbe Stunde später ist?
Ich springe auf und stoße an den Stuhl neben mir, auf dem Kater Rex es sich gemütlich gemacht hat. Mit einem protestierenden Maunzen funkelt Rex mich an und beginnt sich zu putzen. Der ist die Ruhe selbst. Beneidenswert.
„Ich bin dann mal weg“, sage ich.
„So früh?“, fragt Mama, als ich schon bei der Tür bin. „Ich kann dich mitnehmen, wenn ich Theo bringe.“
„Frische Luft ist gesund“, sage ich und grinse Papa an. „Für Sportler und Sänger.“
Ich werfe Tony einen flehenden Blick zu, aber sie kriegt natürlich nicht mit, wie ich sie anstarre. Sie schaufelt sich ihre Cornflakes rein und schreibt dabei heimlich unter dem Tisch eine SMS. Wenn die sich mal nicht von Mama und Papa erwischen lässt.
Gut, dann gehe ich eben alleine.
Natürlich bin ich wegen des Singens nicht zum Frischluftfanatiker geworden. Die zehn Minuten zu Fuß habe ich aber dringend nötig, um nicht komplett durchzudrehen vor Aufregung. Dabei ist es nur der Vorausscheid. Gut möglich, dass an diesem Nachmittag alles vorbei ist und Sophie und ich sang- und klanglos untergehen. Aber wer weiß …?

Mama und Papa sind auf der einen Seite zwar totaaal davon überzeugt, dass Sophie und ich unsere Sache vor den Mitschülern gut machen werden, fügen aber jedes Mal an, dass es auch nicht schlimm wäre, wenn es nicht klappen würde. Hauptsache, wir hätten uns bemüht.

Ich kann da nur die Augen verdrehen. Was die Musik mir bedeutet und dass der Wettbewerb meine große Chance ist, haben sie immer noch nicht richtig verstanden. Wenn wir Platz 15 von 17 möglichen belegen, zum Beispiel, dann steht fest, dass ich mir eine berufliche Karriere als Sängerin von der Backe putzen kann. Wenn wir allerdings auf den oberen Rängen landen, dann … Ja, dann will ich irgendwann in den nächsten Wochen einen Termin bei Harry Frischmuth für ein persönliches Gespräch machen und sie fragen, wie das eigentlich so funktioniert, wenn man nach der Schule Sängerin werden will. Studiert man dafür? Macht man eine Ausbildung? Wird man vorher geprüft? Wenn sich jemand damit auskennt, dann meine Musiklehrerin.

Aus meiner Familie begreift am ehesten Oma Meggie die Tragweite der heutigen Entscheidung. Der will ich direkt vor dem Auftritt aber auch nicht über den Weg laufen. Sonst gibt sie mir noch mehr ungewöhnliche Tipps wie die letzten Tage.

Gestern hat sie mir bei YouTube einen Clip vom Kehlkopfgesang der Mongolen gezeigt und vorgeschlagen, dass ich Sophies und mein Lied doch mal so probieren soll. Echt *strange*.

Wenig später sehe ich, dass die Küchenuhr nicht gelogen hat und ich viel zu früh dran bin. Allerdings haben mindestens drei Viertel aller Schülermusiker und ein paar der zwangsverpflichteten Zuhörer denselben Gedanken gehabt wie ich und lungern jetzt schon vor der Schule herum.

Die große Eingangstür ist noch verschlossen. Die üblichen Cliquen bilden sich auf dem Hof. Manche Kids packen sogar ihre Instrumente aus und üben auf den letzten Drücker Tonleitern. Um mich herum trötet, quietscht und brummt es, dass ich mich frage, ob nicht nur meine Oma auf die Mongolen im Internet gestoßen ist.

Isabel, Marit und Klara fangen mich ab und ziehen mich zu ihrer Bank unter dem Baum.

„Aufgeregt?“, fragt Isabel.

„Nö“, gebe ich trocken zurück. Dabei grummelt mein Magen, als rollten darin Kieselsteine hin und her.

Unauffällig sehe ich mich nach Sophie um. Ich entdecke sie an ihrem Stammplatz in der Nähe des Zauns, möglichst weit weg vom Geschehen. Sie klammert sich an ihre Gitarrentasche.

„Die hat sich aber fein gemacht", kichert Pipi-Marit und erntet zustimmendes Gelächter von Klara.

„Nicht so laut", warnt Isabel, „sonst zieht sie ihren Degen und ersticht euch." Klara kichert gleich noch eine Spur lauter.

Blöderweise sieht Sophie tatsächlich aus, als wäre sie zu einem Casting für eine Verfilmung der drei Musketiere unterwegs. Sie trägt einen ihrer Röcke und dazu eine Bluse mit Rüschen an der Knopfleiste.

Aber müssen die drei wieder nur auf ihre Klamotten schauen? Die könnten sich doch auch mal dafür interessieren, *warum* Sophie so rumläuft. Wenn die wüssten, was die durchmacht.

„Aber sie hat doch …", platzt es aus mir heraus.

Das Trio schaut mich überrascht an. Auweia, das war eine Spur zu laut.

Ich bin trotzdem nahe dran, ihnen vom Unfall von Sophies Eltern zu erzählen. Ob die dann immer noch so ablästern würden? Allerdings habe ich keine Ahnung, ob Sophie es überhaupt recht wäre, wenn ich hier ihre Lebensgeschichte auspacke.

„Was?“, fragt Isabel. In ihren Augen blitzt es kampfeslustig.
Und außerdem, das wird mir jetzt bewusst, fehlt mir auch der Mut, Isabel so richtig eins vor den Latz zu knallen wegen ihrer überheblichen Art. Klar verstehen Sophie und ich uns jetzt supergut. Aber muss ich es mir deshalb für alle Zeit mit den Anführerinnen der Klasse verscherzen?
„Sie hat zumindest nicht ihre Gitarre vergessen.“
Die drei lächeln mich an.
Willkommen im Klub.
Wirklich sicher, ob ich dazugehören will, bin ich nicht. Mein Magen zieht sich zusammen. Diesmal liegt es eindeutig nicht am fehlenden Frühstück.
„Ich muss mit Sophie noch den Auftritt besprechen“, sage ich und schlendere los.
Sophie entdeckt mich und winkt freudig. Ich weiche ihrem Blick aus.
Na, super. Zu der ganzen Nervosität wegen des Vorspielens kommt jetzt auch noch das schlechte Gewissen, weil ich nicht zu Sophie gestanden habe, obwohl sie es verdient hätte.

Superstar?

Eine Stunde später sitzen Sophie und ich in der Schulaula. Die erste Reihe ist für die Teilnehmer des Wettbewerbs reserviert.
Theo hockt im Publikum ein Stück hinter mir und flippt jedes Mal aus, wenn ich mich umdrehe. Er fuchtelt mit den Händen und kippt fast vom Stuhl, sobald er mich sieht. Seine Klassenlehrerin legt mit einem milden Lächeln die Hand auf seine Schulter. Neben Theo zappelt Henry, sein neuer Freund, der sich wahrscheinlich zum hunderttausendsten Mal an diesem Morgen anhören muss, dass ich Theos große und wunderbare Schwester bin. Mit der allerbesten Stimme auf der ganzen Welt.
Aber die Konkurrenz schläft nicht.
Das merken Sophie und ich schon bei der ersten Darbietung. Ein Mädchen aus der Fünften spielt auf ihrem Cello ein Stück von Tschaikowsky und erntet

großen Applaus. Harry Frischmuth, die wieder gesund ist, klatscht länger als alle anderen und der Kunstlehrer macht sich eifrig Notizen.
Auch Fabienne und Ayila punkten mit ihren Querflöten. Diesmal kommen sie nicht ein einziges Mal aus dem Takt.
Ich freue mich für sie, weil Fabienne mich am ersten Schultag so nett aufgenommen hat. Wirklich. Aber irgendwie wäre ein klitzekleiner Fehler auch nicht sooo übel gewesen. Das hätte Sophies und meine Chancen deutlich erhöht.
Die sehe ich nämlich von Auftritt zu Auftritt schwinden. Moderne Lieder sind die Ausnahme und werden zwar von den Schülern mit mehr Applaus bedacht, scheinen aber bei der aus den Lehrern bestehenden Jury nicht so gut anzukommen wie die klassischen Stücke.
Diese Unsicherheit ist echt ätzend. Wenn es doch schon vorbei wäre. Klar gefällt mir unser Song. Aber wer sagt, dass das, was Sophie und ich damit ausdrücken wollen, bei den anderen ankommt?
Vielleicht finden die das voll daneben und lachen sich weg, während wir noch auf der Bühne stehen?
Sophie scheint ungefähr dasselbe zu denken wie ich. Sie rutscht immer nervöser hin und her, schiebt sich

die Haare vors Gesicht und lugt nur noch zwischen zwei Strähnen hindurch. In ihren Augen steht das große „P“ für Panik.
Ich taste nach ihrer Hand. Die ist eiskalt. Ich ziehe sie zu mir rüber, lege sie in meinen Schoß und umschließe sie mit meinen Händen. Richtig gut tut das, Sophie zu halten und von ihr gehalten zu werden. Deshalb lassen wir nicht los, als Lampe den Schüler vor uns verabschiedet und uns auf die Bühne ruft.
„Freut euch auf Frida Thun und Sophie Belasan aus der 6 b“, sagt er. „Die beiden wagen etwas ganz Besonderes und treten mit einem selbst geschriebenen Lied an. Allein das ist einen großen Applaus wert.“
Theo springt auf und ruft: „Frida-Frida!“ Seine Klassenlehrerin zieht ihn sanft auf den Stuhl.
Harry zischelt Lampe etwas zu.
„Ach, ja“, sagt er. „*My way* heißt das Stück. Wir sind alle sehr gespannt.“
Sophie bewegt sich steif und macht Minischritte Richtung Bühne.
Kipp mir jetzt bloß nicht um vor Aufregung, Süße! Ich brauche dich doch.
Auch mir sitzt die Angst wie ein Monster im Nacken, die ganzen quälenden Fragen. Aber im Gegensatz zu Sophie lähmt mich das nicht.

Ich will jetzt endlich wissen, was Sache ist.
Ich will auf die Bühne.
Ich ziehe Sophie mit. Sie stolpert beinahe über die erste Stufe. Gelächter.
Nicht darüber nachdenken. Weiterlaufen.
Endlich erreichen wir den Hocker in der Mitte der Bühne, den Schulleiter Lampe für Sophie bereitgestellt hat. Wir nicken uns zu.
Sophie setzt sich und packt ihre Gitarre aus. Sie kontrolliert den Abstand zum Mikrofon. Ich drehe mich um.
Es ist nicht einmal eine richtige Bühne. Eher eine Art Podest, an dessen Rand die Lehrer sitzen und uns aufmunternd anlächeln. Keine Scheinwerfer oder so. Deshalb kann man das Publikum auch gut sehen.
Die 6 b besetzt eine ganze Stuhlreihe in der Aula. Ich entdecke Isabel, Marit, Klara und den dicken Janosch mit seinen Freunden.
„Ga-ga-gack", tönt es. Janosch.
Ich überlege, ob ich mein Mikro für ein kurzes *Oink, oink* nutzen soll. Aber die Steckdosennase hat es nicht verdient, im Mittelpunkt zu stehen. Soll er doch seine blöden Witze machen.
Jetzt geht es um mich und Sophie.
Und um unser Lied.

Endlich wird es ruhiger.
Sophie zählt an und schlägt die ersten Akkorde. Dann geht sie zum Zupfen über. Ganz leise kommen die Töne über die Lautsprecher. Wieder nimmt mich das Lied gefangen und umhüllt mich wie eine rosa Wolke. Alles andere verblasst.
Ich öffne meinen Mund und singe. Ich denke nur an das Mädchen und seinen Traum. Niemand glaubt an es. Alle meinen, es besser zu wissen. Aber das Mädchen hört nicht auf die anderen. Es kämpft. Und geht seinen Weg.
… running and running and running …
Sophie ändert das Tempo. Fehlerlos. Sie schlägt auf die Saiten, ich werfe einen Blick ins Publikum. Ein paar Schüler nicken im Rhythmus, andere klatschen im Takt und wiegen sich hin und her.
Selbst Janosch bläht anerkennend die Backen.
„I am going my way, my way, my way“, singe ich.
Ja, sogar der höchste Ton hat gesessen.
Die zweite und dritte Strophe bringen wir genauso perfekt rüber wie die erste. Beim letzten Refrain schraube ich meine Stimme noch einmal nach oben.
Die letzten Töne verklingen, das Lied ist aus.
Bis auf Isabel, Marit und Klara steht die ganze 6 b geschlossen auf.

„Frida, Frida“, höre ich Theo durch den Applaus rufen und suche ihn. *Meine Schwester,* formen seine Lippen. Sooo süß, wie stolz der auf mich ist!
Auch ich bin stolz.
Auf Sophie, weil sie trotz ihrer Angst auf die Bühne gestiegen und unseren Song ohne einen einzigen Patzer gespielt hat.
Und auf mich.
Ich glaube, die Gefühle des Mädchens den Leuten wirklich nähergebracht zu haben.
Lampe kommt zu uns und lässt sich von mir das Mikro geben. „Danke, ihr beiden. Wenn das nicht ein würdiger Abschluss für unseren Vorausscheid war. Aber ich denke, jeder, der hier auf der Bühne war, hat noch einmal einen Applaus verdient. Kommt noch mal alle hoch.“
Es gibt ein Gedränge. Sophie und ich bleiben bei Lampe stehen, Fabienne und Ayila gesellen sich zu uns.
Sophie sieht zu mir herüber. Wir lächeln uns an.
Als ich nach vorn schaue, sehe ich Isabel, Marit und Klara. Äffchen-Klara flüstert Isabel etwas ins Ohr. Aber das ist mir jetzt auch egal. Sollen sie doch lästern.
„Alle hätten es verdient“, bringt Lampe die Aula wieder zur Ruhe, „am großen Finale teilzunehmen. Wirklich alle. Aber es kann nur eine Gruppe für die Grundschule Birkensee antreten.“

Da wollte er es wahrscheinlich spannend machen wie die Juroren in den Castingshows im Fernsehen und hat gleich mit dem ersten Satz verraten, dass alle, die allein angetreten sind, sich keine Hoffnungen mehr machen brauchen.

„Aber bevor ich die Namen der Mädchen sage, die …"

Schnappatmung.

Hat er gerade MÄDCHEN gesagt?

Auch von Fabienne und Ayila neben uns kommt aufgeregtes Quietschen. Klar, die rechnen sich genauso Chancen aus wie wir. Denn wir sind die einzigen beiden Mädchengruppen.

Das kann doch nicht wahr sein. Sollten Sophie und ich wirklich …?

Mann, ist das aufregend.

Lampe räuspert sich. „Bevor ich also die Namen der Mädchen sage, die für unsere Schule ins Finale gehen, habe ich noch eine Überraschung." Erwartungsvolles Schweigen. „Die Mädchen tragen nicht nur die Verantwortung, uns würdig zu vertreten, nein, sie haben auch noch die Chance, über die Region hinaus bekannt zu werden." Wieder macht Lampe eine kunstvolle Pause. „Gestern habe ich erfahren, dass das Tanzstudio von Kids-TV die Auftritte filmen und ein Special über den Gewinner drehen wird. Die Sendung

wird gleich am Samstag nach dem Wettbewerb ausgestrahlt."
Hatte ich gerade Schnappatmung?
Jetzt setzt meine Atmung aus.
Mein Herzschlag auch.
Der nimmt uns doch auf den Arm, oder?
Offensichtlich nicht, denn Lampe klärt nicht auf, dass das nur ein Scherz war, sondern nickt bestätigend.
Mir rutscht das Herz bis in die Fußspitzen. Ich muss an die Bilder in Tonys Zimmer denken, auf denen ich dämlich aus der Wäsche gucke. Da habe ich mitbekommen, dass ich fotografiert werde. Kann mir jemand mal verraten, wie zum Teufel ich nicht wie eine Vollidiotin rüberkommen soll, wenn mich auch noch jemand *filmt*?
Lampe nimmt das Raunen in der Aula mit breitem Grinsen zur Kenntnis und fährt fort. „Ich würde mir also wünschen, dass ihr die beiden nach Kräften unterstützt ... Sie kommen aus der 6 b ... und heißen Frida und Sophie."
Theo begreift es als Erster.
Bevor ich registrieren kann, was gerade passiert, springt mein Bruder auf die Bühne und hängt sich an meinen Hals.
„Du wirst berühmt", schreit er mir ins Ohr. „Frida wird Superstar!"

Ich blinzele zu Sophie.
Sie schaut mich aus Kälbchenaugen an und scheint genau dasselbe zu denken wie ich: Wir kommen ins Fernsehen.
Jetzt dürfen wir es wirklich nicht vermasseln.

Wofür man große Schwestern braucht, Teil 1

„Da habt ihr ja ein Pfund rausgehauen.“
Den großen Satz spricht Tony ganz cool aus. Entspannt hockt sie in meinem Zimmer auf einem Kissenberg und bearbeitet ihre Fingernägel. In letzter Zeit kommt es nicht oft vor, dass meine Schwester mir einen Besuch abstattet – und dann nicht einmal, um herumzumotzen, sondern einfach so, um mit mir zu reden.
Ich kauere im Schneidersitz vor ihr und beobachte gespannt, wie sie aus dem Set, das neben ihr auf dem kleinen Holzhocker steht, die Flasche mit dem hellrosa Nagellack nimmt und den winzigen Pinsel am Flaschenhals abstreift, bevor sie die Farbe auf ihren Nägeln verteilt. Später wird sie auf die Nagelspitzen noch ein Muster malen oder aufkleben.
Ob Mama wohl einverstanden wäre, wenn ich meine Nägel auch mal … Da lässt mich Tonys Bemerkung aufhorchen.

„Wie jetzt? Welches Pfund?“

„Na ja, selbst bei uns auf der Schule redet man von nichts anderem mehr als diesem Wettbewerb. Er betrifft zwar nur die unterste Klasse, Ältere sind ja ausgeschlossen, aber trotzdem. So ein Musik-Casting interessiert doch jeden ...“

„Und du meinst, selbst am Gymnasium reden sie über Sophie und mich?“ Ich spüre, wie mein Herzschlag poltert. Das wird ja immer aufregender. Wenn ich den Wechsel aufs Gymi schaffen sollte und mir eilt da ein Ruf voraus ... Puh.

„Ja, einige der Achtklässler waren bei eurem Vorentscheid. Die hatten da wohl Freistunden oder so. Alle meinen, du und Sophie, ihr seid echt die neuen Stars. Allerdings gibt es auch andere, die ...“

„Ja?“ Ich rücke vor und kralle Tony meine Hände ins Knie, dass sie aufschreit. „Oh, sorry.“

„Entspann dich mal, Frida“, fährt Tony mich an. Ich entschuldige mich ein weiteres Mal. Bloß Tony nicht aus der Quasselstimmung bringen. Es ist so schön, dass wir endlich einmal wieder zusammenhängen.

„Na ja, einige glauben, ihr hättet nicht die geringste Chance.“

„Und wieso nicht?“ Ich hoffe, dass ich nicht zu trotzig klinge. Prinzipiell sehe ich das nämlich nicht anders.

Allein schon dass Sophie und ich die Jury beim Vorausscheid von uns überzeugt haben, ist irre. Beim großen Finale ist das genauso unwahrscheinlich, wie dass Theo irgendwann einmal etwas Sinnvolles baut.
Aber auch wenn man selbst einsieht, wie gering die Erfolgsaussichten sind, ist es etwas anders, es von Außenstehenden zu hören.
„Es gibt da wohl eine Gruppe an der Realschule, eine Boygroup." Tony stößt ein Lachen aus. Klar, die ist meilenweit davon entfernt, eine Boygroup anzuschmachten. „Die sind nicht viel älter als ihr, vielleicht zwölf oder dreizehn."
„Dreizehn dürfen sie nicht sein", protestiere ich. „Sonst dürfen sie nicht mitmachen."
Tony zuckt die Schultern. „Kann sein, aber die sind ziemlich groovy."
Groovy?
„Kannst du mal aufhören in Rätseln zu reden?", fahre ich Tony an. „Was sind das für Typen? Was machen sie für Musik?"
„Hey, hey …" Tony hebt beide Hände mit den lackierten Nägeln und wackelt mit den Fingern, damit sie schneller trocknen. „Ich kann nichts dafür, wenn eure Konkurrenz aufdreht. Jedenfalls sollen die drei der

absolute Wahnsinn sein. Mit richtiger Choreografie, megacoolem Styling und fettem Sound."
Ich schlucke schwer.
Tony kichert. „Dagegen dürftet ihr mit eurem Blümchengesang wirken wie Pfadfinderinnen."
Blümchengesang? Harry, die sich seit dem Vorausscheid immer wieder im Unterricht vertreten lässt, um mit Sophie und mir an den Feinheiten unseres Songs zu arbeiten, bezeichnet das als „starke Balladenstimme". Und sie hat echt Ahnung.
„Du hast uns noch nicht einmal richtig gehört", quetsche ich hervor.
Tony macht kugelrunde Augen wie Bambi. „Ist auch nicht meine Meinung", behauptet sie. „Ich gebe nur wieder, was man so redet. Aber ich kann es auch lassen, wenn du die beleidigte Leberwurst spielen willst."
Ich presse die Lippen aufeinander, schüttele den Kopf und lege die Hand auf Tonys Knie, als sie sich erheben will. „Schon okay, Tony. Super, dass du mir das erzählst."
Sie fängt jetzt an mit einem wimperndünnen Haarpinsel ein Muster auf die Nagelspitze zu zeichnen, Streifen in Flieder, Schwarz und Silber. Als sie sich vermalt, stößt sie einen Fluch aus.
„Soll ich das mal versuchen?", erkundige ich mich.

„Nee, lass mal", erwidert sie, arbeitet mit dem Lackentferner und fängt von vorne an.
Während ich auf Tonys Hände schaue, läuft in meinem Kopf ein Kinofilm. Ich sehe ein paar supersüße Typen, die alle Hände voll damit zu tun haben, die Teddybären und Herzkarten einzusammeln, die ihnen die weiblichen Fans auf die Bühne werfen. Ich sehe eine beeindruckte Jury, die zum Applaudieren aufsteht, und ich sehe zwei bedröppelte Mädchen, die am Bühnenrand stehen, beide mit den Haaren im Gesicht und gebeugtem Rücken, zwei Sängerinnen, für die sich kein Schwein interessiert. Die sich für alle Zeiten bis auf die Knochen blamiert haben mit ihrem Zeltlager-Auftritt. Nur eine pummelige Musiklehrerin mit Schultertuch und dicker Brille tätschelt erschüttert ihre Schultern …
Hätte Tony mir bloß nicht von der Konkurrenz erzählt! Aber wäre es wirklich besser gewesen, wenn ich erst am Tag der Entscheidung erfahren hätte, wie stark die anderen sind?
„Hey, nun lass den Kopf nicht hängen." Tony lächelt leicht. „Es gibt bestimmt ein paar, die voll auf euch abfahren. Die Geschmäcker sind ja verschieden."
„Ich würde mir die Jungs gerne mal ansehen." Ich räuspere mich und habe das Gefühl, ich müsste ein Haarknäuel hervorwürgen wie Rex.

„Mach doch." Tony zuckt die Schultern. „Ich weiß sogar, wo die proben. Die haben eine Garage in einem Hinterhof auf der Hauptstraße."
„Wie heißen die?"
Tony zuckt die Schultern. „Ich kenne nur einen von denen. Nils. Das ist der jüngere Bruder von einem Bekannten von mir." Sie hält mir zehn Finger gespreizt vor die Nase. „Na, wie findest du das?"
„Cool", sage ich und springe auf. Keine Minute länger halte ich es zu Hause aus. Ich muss mir diese Typen ansehen. Und ich muss Sophie Bescheid geben.
Als ich zur Tür sprinte, erhebt sich auch Tony umständlich, um die Farbe nicht zu verschmieren. „Sag nicht, dass du es von mir hast. Sonst kriege ich Zoff mit Ben."
Keine Ahnung, wer Ben ist. Vermutlich der Bruder von diesem Nils. Und vermutlich älter als zwölf. Ob Tony wegen dem plötzlich wieder so gut drauf ist und stundenlang ihre Nägel bepinselt? Aber Tonys Liebesleben ist mir in diesem Augenblick piepegal.
Es geht um mich. Und um Sophie. Und darum, ob wir uns neben dieser spektakulären Boygroup zur Lachnummer machen werden.
„Viel Spaß", ruft Tony mir hinterher. „Und lass dich nicht stressen, Süße. Zieh dein Ding durch. Tschakka!"

Sweetboyz

Eine halbe Stunde später kauere ich mit Sophie im Gebüsch in einem Hinterhof, zu dem eine Reihe von Garagen gehört. Mücken und Fliegen umschwirren uns. Es duftet nach von der Sonne aufgewärmtem Waldboden, obwohl es hier nur einen schmalen Streifen mit Bäumen und Büschen gibt. Dieser Streifen trennt die Häuserzeile von der nächsten.

Wir verstecken uns hinter dem dicken Stamm einer Kastanie, Sophie guckt links um die Ecke, ich rechts herum. Unser Blick fällt auf die einzige offene Garage, in der ein Schlagzeug und Verstärker aufgebaut sind. Außerdem stehen da eine Gitarre, mehrere Notenständer und einige Kisten Cola, teils leer. Ganz klar – wir sind an der richtigen Adresse. Nur dass von den Jungs jede Spur fehlt. Aber wäre die Garage offen, wenn sie nicht gleich auftauchen würden?

Sophie hat keine Sekunde gezögert, als ich bei ihr

Sturm geklingelt und atemlos berichtet habe, was Tony mir erzählt hat. Logisch, dass wir uns diese Boygroup anschauen müssen, bevor wir auch nur eine Sekunde lang weiterproben. Wenn die tatsächlich so ‚groovy' sind, wie Tony behauptet, und wir uns mit unserem Song nur zum Affen machen, brechen wir die ganze Aktion auch gegen Harrys Widerstand ab. Das steht mal fest.

„Sollen wir hingehen und uns die Noten anschauen?", flüstert Sophie und wischt mit der Hand eine Fliege weg. Heute trägt sie eine karierte Bluse ohne Ärmel und dazu einen Jeansrock mit Glockenschwung. Es war der Horror, mit ihr bis zur Hauptstraße zu marschieren. Ich hatte das Gefühl, jeder drehte sich nach uns um.

„Tickst du noch ganz richtig?", zische ich zurück. „Was sollen wir sagen, wenn die plötzlich auftauchen und uns erwischen? ‚Hallo, wir wollten nur mal gucken, mit welchem Song ihr gegen uns antretet?'"

„Ich dachte ja nur", grummelt Sophie. „Bevor wir uns hier die Beine in den Bauch stehen und uns von den Fliegen auffressen lassen."

„Wir wissen jetzt, wo der Probenraum ist. Wenn wir sie heute nicht treffen, kommen wir morgen wieder. Und übermorgen. Und überübermorgen. Und …"

„Da." Sophie unterdrückt ihren Aufschrei und weist mit dem Finger nach vorn. „Das müssen sie sein."
Ich kneife die Augen zusammen, um alles erkennen zu können.
Drei Typen in schwarzen Shirts kommen mit federnden Schritten aus dem Hinterausgang des Mietshauses. Ich ducke mich in meinem Versteck.
Tony hat tatsächlich nicht übertrieben: Ganz egal ob die drei singen können oder nicht – die sind so was von niedlich! Alle haben den gleichen Haarschnitt. Lang und fransig um die Gesichter geschnitten. Sie sehen aus, als wollten sie an einem Wettbewerb für Doppelgänger von Justin Bieber teilnehmen. Total süß.
Was glitzert da auf ihren T-Shirts? Ich beuge mich vor, recke den Kopf. *Sweetboyz.* Der Bandname leuchtet in zackiger Schrift quer über der Brust. Dazu tragen sie alle weite Baggy Pants.
Wir sehen, wie sie sich unterhalten und lachen, verstehen aber in unserem Versteck kaum ein Wort. Satzfetzen dringen zu uns, aber was sie sagen, ist eigentlich unwichtig. Schlimm genug, wie toll die aussehen. Ich werfe einen Seitenblick zu Sophie. Ob sie auf der Bühne die Zirkusweste oder dieses karierte Horrorteil tragen wird?
„Krass", murmelt Sophie.

„Kann man so sagen."
„Die sehen aus wie Profis", fährt Sophie fort. „Woher haben die bloß diese Klamotten?"
„Die kann man sich machen lassen. Das ist überhaupt kein Problem. Im Internet gibt es Shops, in denen man eigene Shirts gestalten kann." Es dauert allerdings ein paar Wochen, bis die geliefert werden. Zu spät für uns.
„War bestimmt superteuer", meint Sophie.
„Glaube ich gar nicht", erwidere ich. „Und selbst wenn ... solange es sich lohnt ..."
Wir beobachten, wie sich einer von den Jungs ans Schlagzeug setzt, ein anderer hängt sich die E-Gitarre um und klimpert ein bisschen darauf herum. Der Dritte stellt das Mikrofon auf Mundhöhe ein.
Der am Mikro ist der Niedlichste. Er lächelt die ganze Zeit, als hielte er das alles für einen Riesengag. Seine Haare sind nougatbraun und er ist ein Stück größer als die anderen beiden. Schlaksig und lässig – der perfekte Frontmann. Die Mädchen werden dahinschmelzen wie Erdbeereis in der Sonne.
Die Jungen machen ein paar Witze, bevor sie loslegen, und wir bekommen mit, wie sie heißen. Der am Schlagzeug ist Nils, den Gitarristen rufen sie Leo und der am Mikro, der Schlaksige, heißt Alexander.

Dann setzt die Musik ein.
Sophie und ich pressen die Hände auf die Ohren, so durchdringend pfeift es. Der Verstärker ist viel zu laut eingestellt. Der Sänger dreht ein paar Knöpfe, grinst, dann beginnen sie von vorn.
Das Schlagzeug übertönt alles im falschen Rhythmus, die E-Gitarre surrt und von der Stimme des Sängers hört man kaum etwas. Na ja, am Intro müssen die noch arbeiten.
Doch was ist das?
Der Schlagzeuger kommt hinter seinem Instrument hervor, der Gitarrist legt die Gitarre ab und die drei Jungs stellen sich in einer Reihe auf, während die Musik weiterläuft – nun allerdings ohne Pfeifen und Misstöne.
Kommt die etwa vom Band?
Jetzt beginnen die Jungen zu tanzen. Zwei Schritte nach links, einen nach rechts, drehen um die eigene Achse, die Arme ausstrecken, schnipsend und gebeugt nach vorne laufen, wieder eine Drehung …
Sophie und ich wechseln einen Blick.
„Wow", sage ich in ihre Richtung.
Sophie zuckt die Achseln. „Das Intro war unterirdisch. Und es ist kein Tanz-, sondern ein Musikwettbewerb. Wenn die nicht mehr zu bieten haben als ein cooles

Styling und das Rumgehopse, haben die keine Chance gegen uns."

„Meinst du wirklich?" Ich bin mir nicht sicher. Die Sweetboyz wirken wirklich superprofessionell. Warum sollten sie den Song nicht vorher aufnehmen, ihn dann aus der Konserve laufen lassen, damit sie dazu tanzen können? Verboten ist das bestimmt nicht.

„Hundertpro", erklärt Sophie. „Die sind keine Konkurrenz für uns. Die bieten doch nichts als Äußerlichkeiten und Show."

„Ja, aber ... das ist doch auch wichtig", erwidere ich. „Wenn die Sweetboyz auf die Bühne springen, flippen erst einmal alle aus. Dann verzeiht man ihnen auch, wenn im Intro ein falscher Ton dabei ist. Bei uns dagegen ..." Ich beiße mir auf die Lippe. Himmel, wie soll ich das bloß formulieren?

Sophie zuckt die Schultern. „Von mir aus kannst du gerne auf der Bühne zappeln und dir eine Federboa um den Hals schlingen. Ich sitze ja sowieso mit meiner Gitarre, auf mich achtet keiner. Nur das, was ich spiele, interessiert die Leute."

So ganz kann ich Sophie nicht zustimmen. Und improvisieren und mir auf die Schnelle eine Choreografie ausdenken ... das geht bestimmt in die Hose. Zumal mir immer noch nicht klar ist, wie ich es hinkriegen soll, halbwegs cool rüberzukommen, wenn das Tanzstudio jeden meiner Schritte mit der Kamera verfolgt. Mich dann auch noch zu bewegen, ohne Oma Meggies Flummi-Tanz in unserem Garten zu toppen, geht gar nicht.

Ich sacke in meinem Versteck zusammen. Gerade wird mir klar, dass ich mich beim Singen immer bewege. Ganz von selbst. Die Musik strömt durch mich und ich kann nicht anders, als das mit meinen Armen, den Beinen und dem ganzen Körper auszudrücken. Im Gegensatz zu den geilen Moves der Sweetboyz sieht das doch bestimmt babymäßig und beknackt aus.

Was mache ich nur?

Sophie unterbricht mich in meinen Gedanken.

„Ich hätte auch überhaupt nichts, womit ich mich aufmotzen könnte."

Steilvorlage für mich. Schnell bin ich wieder auf den Beinen. Zumindest für dieses Problem gibt es eine Lösung. Ich gehe im Geiste meinen Kleiderschrank durch, komme aber zu dem Ergebnis, dass Sophie nichts von meinen Klamotten passen würde. Sie ist ein paar Zentimeter größer als ich und auch ein bisschen runder um die Hüften und an den Schultern. Sie hat eher die Figur von … Tony!

Ob meine große Schwester uns aus der Patsche helfen

würde? Nur dieses eine Mal? Ich schicke ein Stoßgebet zum Himmel, dass Tony mich nicht hängenlässt. Dann hole ich tief Luft: „Macht doch nichts, wenn du selbst nicht das richtige Outfit hast. Wozu hat man eine Schwester? Tony hat in etwa deine Figur und wirklich angesagte Klamotten. Ganz bestimmt leiht sie dir etwas für den Auftritt."

Sophie runzelt die Stirn, als sie mich ansieht. Die hämmernden Rhythmen aus der Garage hallen im Hinterhof wider. Wir hören aus einem der oberen Fenster des Mietshauses jemanden brüllen: „Ist bald mal Schluss da unten? Das ist ja nicht zum Aushalten!"

„Ich ziehe aber nichts mit bauchfrei oder Glitzer am Busen an oder so", stellt Sophie klar.

Ich kichere. „Nein, natürlich nicht. Wir suchen etwas ganz Hübsches raus und ich ziehe mich passend dazu an. Ein bisschen schminken könnten wir uns auch."

Sophie reißt die Augen auf. „Sag mal, geht's noch? Meine Großeltern kriegen einen Herzkasper, wenn ich mich anmale."

Ich lache und halte mir schnell die Hand vor den Mund, damit wir uns nicht verraten. „Die werden das gar nicht merken", verspreche ich. „Wenn die im Publikum sitzen, werden sie nur denken, dass du an dem Tag besonders gesund aussiehst." Ich kichere

schon wieder. „Vertrau mir, Tony ist Weltmeisterin im Schminken."
Sophie wirkt immer noch nicht überzeugt, aber ich fühle mich auf einmal ein ganzes Stück leichter. Noch ist nicht alles verloren. Ich muss mir nur noch überlegen, wie ich die Angst vor der Kamera überwinde, dann haben wir echt eine Chance gegen die Sweetboyz.

Family im Lampenfieber

Liebste Pia,
ich vermisse Dich hier so sehr … Ich denke jeden Tag an Dich und wie viel einfacher alles wäre, wenn Du nur auch hier wärst. Nachts habe ich inzwischen Albträume. Ich habe Dir ja von dem Musikwettbewerb geschrieben. Übermorgen ist es so weit. Dann werde ich mit Sophie auf der Bühne stehen. Ich habe so eine Angst, dass wir es versemmeln.
Von Kids-TV weißt Du ja auch. Ich kann das immer noch nicht fassen, dass ich ins Fernsehen komme! Zumindest hab ich jetzt einen Plan, wie ich das Schlimmste verhindere: Ich rühre mich kein Stück. Dann kann mein Gezappel nicht vom Gesang und Sophies Gitarrenspiel ablenken. Clever, was?
Je länger ich mit Sophie probe, desto netter finde ich sie eigentlich. Natürlich nicht so nett wie Dich. Das ist ja mal klar. Aber man kann manchmal ganz gut mit ihr quatschen, und wenn sie auf ihrer Gitarre spielt, fühlt man sich wirklich wie verzaubert. Das müsstest Du mal hören. Ach, es wäre so toll,

wenn Du bei dem Auftritt dabei wärst. Wenn ich wüsste, dass Du im Publikum sitzt, würde ich so tun, als würde ich nur für Dich singen. Dann würde ich bestimmt keinen Fehler machen. So schade, dass Du keine Zeit hast.
Ich hab Dir ja geschrieben, dass Sophie sich so komisch anzieht. Ich weiß jetzt auch, warum. Sie lebt bei ihren Großeltern, süße Leutchen, aber die haben einen sehr merkwürdigen Geschmack. Und kein Geld für neue Klamotten. Na ja, wäre mir ja eigentlich egal, nur bei dem Auftritt wäre es schon gut, wenn Sophie irgendwie stylisher aussehen würde. Wir haben uns nun überlegt, dass wir Tony fragen, ob sie uns helfen kann uns ein bisschen aufzumotzen. Denn … das Schlimmste weißt Du ja noch gar nicht. Sophie und ich haben gestern drei Jungs aus der Realschule beobachtet, die uns bei dem Wettbewerb Konkurrenz machen werden, und die sind so was von cool. Sie tragen alle die gleichen Shirts, sehen voll niedlich aus und tanzen auch noch hammergut. Ihr Gesang ist eher so lala, aber das wird man gar nicht merken, wenn die auf der Bühne herumspringen. Als wir die gesehen haben, haben wir uns überlegt, dass wir uns auch noch aufhübschen müssen. Ich werde auf jeden Fall Fotos machen und Dir als Mail-Anhang schicken. Vielleicht hast Du aber auch noch ein paar Ideen, wie wir uns stylen könnten? Du bist doch immer so kreativ … Falls Dir etwas einfällt, schreib mir schnell!

Tausend Küsse und Grüße
Deine
Frida

♫

Und senden.
Hoffentlich liest Pia die Mail noch. Manchmal ist sie ein bisschen schlampig mit ihrer Post und vergisst eine Woche lang, in ihr E-Mail-Fach zu schauen. Ich würde mich so freuen, wenn sie noch ein paar Tipps hätte. Ganz viel Glück muss sie mir auch noch wünschen. Heute Abend ist das Wetter so fantastisch, dass wir draußen essen. Oma Meggie hat den großen Gartentisch gedeckt, Papa hat Baguettes beim Bäcker geholt und Mama balanciert eine Schüssel Tomatensalat durch die Mondlandschaft.
Ich kann alles von meinem Fenster aus sehen. Obwohl ich, wie oft in den letzten Tagen, nicht die Spur von Appetit verspüre, geht mir durch den Kopf, dass hier in Birkensee nicht alles so übel ist, wie ich anfangs gedacht habe.
In Berlin konnten wir nie draußen essen – auf dem Balkon war es selbst ohne Oma und Opa zu eng für uns.

Ich sehe, dass Tony eine Schüssel mit grünem Wackelpudding und Vanillesoße auf den Tisch stellt, und auf einmal habe ich doch Lust zu essen. Ich klappe den Laptop zu.

Vielleicht kann ich Tony endlich fragen, ob sie eine Idee für das Bühnenstyling hat, bevor alle anderen auf der Matte stehen. Gestern ging wieder alles drunter und drüber in der Villa – Theo hatte Besuch von seinem Schulfreund Henry, der genauso ein Chaoskind ist wie er, und Tony hat sich in ihrem Zimmer verbarrikadiert. Keine Gelegenheit also, sie um Hilfe zu bitten.

Wenn ich meine Schwester richtig einschätze, wird sie sich geschmeichelt fühlen, dass ich sie um Rat frage. Hoffentlich liege ich damit nicht verkehrt. Wenn sie uns hängenlässt, sind wir geliefert.

Auf dem Weg nach draußen über die Bretter hinweg, mit denen Papa den Flur auslegen will, treffe ich auf Theo. Er hat feuerrote Wangen und hält mehrere zusammengerollte Papierbögen unter dem Arm. Er will an mir vorbei, ohne mich anzusehen. Nanu? Ich packe ihn an der Schulter.

„Hey, Theo, was ist los?"

„Männersache", raunt er mir zu und flitzt davon.

Was der wohl wieder austüftelt? Ich sollte ihn mal fra-

gen, ob er inzwischen erfolgreich mit der Mäusejagd war. Aber wohl besser nicht bei Tisch.
„Wir essen gleich!“, rufe ich ihm hinterher, als er, immer zwei Stufen auf einmal nehmend, die Treppe zu seinem Zimmer hochspurtet.
An der Haustür kommt mir Papa entgegengestolpert. Er hat ebenfalls feuerrote Wangen und hält ein so großes Paket auf den Armen, dass er den Kopf recken muss, um darüberschauen zu können.
„Was ist das denn?“, spreche ich ihn an.
„Männersache“, raunt auch er und ich nehme mir vor, Sophie zu erzählen, dass sie, was das *Irrenhaus* angeht, mit uns doch nicht mithalten kann.
Draußen steht Tony allein am Tisch und tunkt den Zeigefinger in die Vanillesoße, um ihn genießerisch abzulecken. Ich sprinte auf sie zu.
„Du, Tony, ich brauch deine Hilfe, weil …“
„Na, ihr beiden Löwenzähnchen?“
Oma Meggie. Sie kommt mit ausgebreiteten Armen aus dem Camper und küsst erst Tony, dann mich auf die Wange. „Ist das nicht ein herrlicher Abend? Wer braucht da noch Griechenland?“ Sie lacht uns an.
Wir grinsen zurück. „So schön, dass ihr bei uns seid“, sage ich und umarme sie einmal fest. Über ihre Schulter gebe ich Tony mit den Augen ein Zeichen, dass wir

später noch reden müssen. Tony nickt und ich atme erleichtert auf. Meinetwegen kann sie sich jetzt immer mit diesem Ben treffen, wenn der ihr Supersommersonnenlaune macht.

Über Stylingfragen in Gegenwart von Oma Meggie zu sprechen halte ich für ungünstig. Nicht dass ich meine Oma nicht knuffig fände in ihren Batikkleidern, mit den Ledersandalen an den nackten Füßen und den Tüchern um die grauen Haare, aber manchmal kommt sie mir vor wie eine Zeitreisende.

Ums Styling geht es zwar kurz darauf nicht, als wir alle am Tisch sitzen und zugreifen, aber das Finale ist trotzdem das Thema.

Einerseits fühlt es sich gut an, dass alle mitfiebern, andererseits machen mich Mama mit ihren Ratschlägen, Papa mit seinen geheimnisvollen Bemerkungen und Opa mit seinen Sprüchen ganz kirre. Ich drehe ohnehin schon am Rad, aber so viel Lampenfieber gibt mir den Rest.

„Ich hab mal mit einer jungen Punkerin zusammengearbeitet, die Sängerin in einer Band war. Sie meinte, wenn man kurz vor dem Auftritt vor Angst einen trockenen Mund hat, soll man sich einmal auf die Zunge beißen. Das bringt den Speichelfluss in Gang.“ Opa Rainer bricht sich ein Stück Weißbrot ab und streicht

Gurkenquark darauf. „Vielleicht denkst du morgen daran, Frida."
„Auf die Zunge beißen?", schreit Theo. „Das tut doch weh."
Alle lachen. „Natürlich nicht zu fest, nur ein bisschen", erläutert Opa Rainer, öffnet den Mund und macht es vor. „So."
„Salbeitee ist besser", sagt Mama. „Ich besorge gleich morgen früh noch ein paar Beutel für dich, Frida. Den brühst du dir auf und trinkst ihn in kleinen Schlucken, bis du dran bist."
„Tee regt den Harndrang an." Papa wieder.
Tony verschluckt sich vor Kichern an ihrem Brot. „Wäre doch lustig, wenn Frida von der Bühne stürmen müsste, um zu pinkeln."
Oma Meggie schaltet sich auch ein. „Also mir hilft am besten der Sonnengruß, wenn ich meine Mitte nicht mehr finde." Sie steht auf, reckt die Arme in den Himmel, führt sie gefaltet vor die Brust und fällt dann auf die Knie in eine Art Liegestütze, bevor sie sich zu einem Häufchen zusammenkrümmt. Papa springt auf, um ihr wieder hochzuhelfen, und Mama schüttelt genervt den Kopf.
„Das Kind kann doch in der Garderobe keine Yoga-Übungen machen. Da lachen sie doch alle aus."

„Außerdem muss man das lernen, das geht nicht von jetzt auf gleich“, stimmt Opa Rainer zu. „Die Zungenübung dagegen kann man sofort und …“

Ich presse beide Hände auf die Ohren, kneife die Augen zusammen und schüttele den Kopf.

„Könnt ihr bitte einfach alle aufhören? Ich brauche keine Tipps. Ich bin jetzt schon völlig runter mit den Nerven. Und ihr macht mich nur noch fertiger.“

Papa streichelt mir über die Haare und steckt sie spielerisch hinter meinen Ohren fest. „Lass dich nicht aus der Ruhe bringen, Spätzchen. Du packst das schon. Ich vertraue auf dich.“

Ich werfe ihm einen dankbaren Blick zu. Manchmal sagt er genau das Richtige. Leider viel zu selten.

Ich fülle mir ein Schälchen mit Wackelpudding und rühre Vanillesoße hinein, bis sich die gelbgrünen Schlieren zu einer Masse verbinden.

„Was zieht ihr überhaupt an?“

Tony.

Ich verschlucke mich an dem ersten Löffel, den ich zum Mund geführt habe, und huste. Papa klopft mir zwischen die Schulterblätter, Theo reicht mir seine benutzte Serviette.

Mein Gesicht fühlt sich heiß an und ich weiß, dass ich kirschrot bin.

„Äh … das … das … steht noch nicht fest.“
Mama ist sofort alarmiert. War ja klar.
„Ihr vergesst aber nicht, dass ihr zwölf Jahre alt seid und keine 18, oder? Du könntest das hübsche hellblaue Sweatshirt mit der Kapuze tragen und dazu die weiße Sommerhose …“
Oh nein … Schnell das Thema wechseln, bevor Mama noch mehr einfällt. Ich möchte das mit Tony und nur mit Tony besprechen. Auf andere Tipps kann ich verzichten.
„Werdet ihr denn alle dabei sein?“ Ich blicke von Oma und Opa zu Mama und Papa.
„Ist doch Ehrensache“, ruft Opa.
Theo kichert und hält sich beide Hände vor den Mund.
„Selbstverständlich, Mausezähnchen.“ Oma.
„Das lasse ich mir nicht entgehen.“ Mama lächelt, als hätte sie gerade die komplette Hochhaussiedlung Birkensees mit Sommerfarben verschönert.
„Du brauchst uns doch“, meint Papa, worauf Theo vom Stuhl fällt und sich vor Lachen im Gras wälzt.
Tony und ich wechseln einen Blick. Manchmal habe ich das Gefühl, in einem Film mitzuspielen, in dem alle das Drehbuch kennen. Nur ich nicht.

Wofür man große Schwestern braucht, Teil 2

Es ist schon zehn, als ich Gelegenheit habe, mit Tony zu reden. Eigentlich ist für mich längst Schlafenszeit, aber Mama und Papa sitzen draußen mit Oma und Opa und achten nicht darauf, ob Theo und ich in der Kiste liegen. Also schleiche ich in Tonys Zimmer.

„Tony? Können wir kurz reden?"

Sie fährt herum und klappt ihren Laptop zu. Der genervte Ausdruck in ihrem Gesicht verschwindet, als sie mich anschaut.

„Du bist ja käseweiß", sagt sie. „So aufgeregt?"

Ich nicke. „Ziemlich."

„Aber ihr habt doch lange genug geprobt, und das, was man gehört hat, klang doch ganz okay."

Tony ist nicht der Typ, der seine Begeisterung ausdrücken kann. Das hat sie von Papa. *Klang doch ganz okay,* aus ihrem Mund, ist auf einer Skala zwischen eins und zehn eine gute Neun.

„Der Song ist auch nicht das Problem, sondern eher, wie wir so rüberkommen. Ich meine, du hast ja Sophie schon ein paarmal gesehen …“ Ich hüstele. Ob sie von selbst draufkommt?

Logisch. Meine Schwester. Die hat den Blick fürs Wesentliche. „Die braucht dringend mal eine Typberatung.“ Sie lacht auf. „Hat die eigentlich kein Interesse an Mode und so?“

„Doch, ich glaub schon“, erwidere ich vage. „Aber die haben kein Geld und sie zieht das an, was ihre Großeltern ihr rauslegen.“

„Denen sollte sie aber dringend mal das Stoppschild zeigen“, sagt Tony. „Ist es dir nicht peinlich, mit ihr gesehen zu werden?“

Ich wiege den Kopf. „Schon. Ein bisschen. Aber dann denke ich mir, es kommt doch nicht auf die Klamotten an. So schön wie sie spielt niemand sonst. Sie hat eben … innere Werte.“

„Tja, dann sollte sie vielleicht ihr Innerstes nach außen stülpen?“ Tony kichert. Ich nicht.

„Lass das doch mal“, bitte ich. „Das hört sich unfair an.“

Tony zuckt die Schultern. „Das Leben ist eines der härtesten. Gewöhn dich dran. Den Jungs kann Sophie später auch nicht erzählen, dass ihre inneren Werte …“

Tony und ihr Lieblingsthema Jungs. Darum geht es aber doch gar nicht. „Ich brauche deine Hilfe“, unterbreche ich Tony. „Sonst ist es mir egal, wie Sophie herumläuft, aber auf der Bühne bei unserem Auftritt, da sollte sie zumindest nicht blöd auffallen.“
„Dafür brauchst du jetzt eine Beraterin.“
„Ja, so in etwa. Aus meinem Kleiderschrank würde ihr nichts passen. Sie trägt L, ich habe M.“
Tony hebt eine Augenbraue. „Und da willst du dich jetzt an meinen Klamotten vergreifen? Wie kommst du darauf, dass ich L habe? Meistens passt mir S.“
Passt ihr nicht. Das weiß ich zufällig ganz genau. Aber wenn ich darauf herumreite, bringt das Tonys Laune in einer Millisekunde auf den Tiefpunkt. Das kann ich gerade gar nicht gebrauchen.
„Du hast doch verschiedene Größen“, sage ich. „Weil du doch nicht immer so schlank warst wie jetzt ...“
Gerade noch den Bogen bekommen.
Tony lächelt. „Tja. Da müsste ich tatsächlich mal nachsehen in den hinteren Fächern, ob was dabei ist. Aber Mama wäre nicht begeistert. Du weißt, dass sie was dagegen hat, wenn wir unsere Klamotten verleihen.“
„Wer sagt, dass wir sie um Erlaubnis fragen?“ Ich lächele meine Schwester verschwörerisch an. „Du würdest uns wirklich helfen?“

Tony nickt ein paarmal nachdenklich. „Okay. Wir treffen uns übermorgen gegen ein Uhr hier in meinem Zimmer. Dann haben wir ordentlich Zeit, bevor wir losmüssen. Mal schauen, wie wir dich und deine Freundin aufpeppen können."

Ich mache einen Luftsprung, bevor ich Tony umarme. „Du bist die Beste. Vielen Dank."

Tony tätschelt meine Schulter. „Man tut, was man kann."

Ich bin sicher, dass ich diese Nacht keine Albträume haben werde. Wenn Tony uns hilft, kann gar nichts mehr schiefgehen.

Alles wird gut. Sweetboyz – zieht euch warm an!

Ein Styling für Sophie

Zwei Minuten nach eins. Ich blicke erst auf meine Handyuhr, dann zur Sicherheit noch einmal auf die Uhr in der Küche. Nein, tatsächlich, es sind schon zwei Minuten später. Verdammt, wo bleibt Tony? Sie wird uns doch wohl nicht im Stich lassen, und das drei Stunden vor dem großen Finale?

Sophie sitzt am Tisch und trinkt aus einem Strohhalm Apfelschorle, rührt mit dem Halm in den Eiswürfeln, dass sie klirren.

„Wie kannst du bloß so ruhig sein!“, fahre ich sie an.

Sophie seufzt. „Wenn ich genauso herumzappeln würde wie du, würde das deiner Schwester auch keine Beine machen. Wir sollten lieber noch mal den Song durchgehen, als hier rumzuhocken. Ist es denn echt ein Drama, wenn wir auf das Styling verzichten?“

„Oh ja! Das wäre nicht nur ein Drama, sondern eine Katastrophe!“, fahre ich sie an und merke in derselben

Sekunde, dass ich total überreagiere. Tony wird schon kommen. Man kann zwar über sie denken, was man will, aber an ihre Versprechen hält sie sich.
„Ich weiß nicht", erwidert Sophie. „Wir machen doch kein Model-Casting mit, sondern einen Musikwettbewerb. Eigentlich sollten die Leute die Augen schließen und lieber darauf achten, ob wir jeden Ton treffen, anstatt zu gucken, welche Frisur wir haben oder welchen Schmuck wir tragen. Das lenkt doch nur ab."
„Das glaubst du", erwidere ich. „Im Idealfall hättest du vielleicht sogar Recht. Aber so ticken die Menschen nicht. Die gucken immer nach dem Gesamtpaket, nicht nur nach einzelnen Dingen wie einer guten Stimme oder so. Schau dir die Sweetboyz an – mit ihrer Musik könnten die nichts reißen, aber mit dem Tanz und ihrem Aussehen sind sie der Hammer. Da passt alles. Wir sollten uns zumindest ein bisschen Mühe geben, finde ich."
„Na ja, wenn deine Schwester uns wirklich hilft … Ich wehre mich gar nicht. Aber sie kommt ja nicht."
„Sie kommt noch", gebe ich zurück. „Verlass dich darauf."
Sophie trinkt wieder ein paar Schlucke und geht mit dem Halmende am Glasboden herum, um auch die letzten Tropfen zu erwischen. Das Schlürfgeräusch zerrt an meinen Nerven.

„Ich kann mir gar nicht vorstellen, wie das ist, Geschwister zu haben“, sagt Sophie und wischt sich mit dem Handrücken über den Mund. „Und dann noch eine ältere Schwester. Behandelt die dich nicht immer wie ein Baby?“
Ich zucke die Schultern, nehme mir einen Stuhl und setze mich verkehrt herum drauf, so dass ich die Unterarme auf der Lehne ablegen kann.
„Na ja, sie versucht es.“ Ich grinse. „Aber ich lasse mir das normalerweise nicht gefallen. Manchmal raunzt sie mich an, als hielte sie sich für meine Mutter. Das geht natürlich gar nicht. Aber manchmal gibt sie mir auch auf nette Art Tipps und so. Das finde ich dann wieder gut …“
„Erzählt ihr euch denn alles? Wenn ihr mal Probleme habt oder so?“
Ich wiege den Kopf. „In letzter Zeit kaum noch. Leider. Früher war das besser, da war Tony irgendwie entspannter. Aber seit sie sich fast nur noch für Jungs interessiert, ist sie total launisch. Ich glaube, sie quatscht jetzt lieber mit ihren Freundinnen als mit mir. Auch wenn sie die noch gar nicht so lange kennt wie mich.“
„Macht dich das traurig?“
„Ein bisschen, ja. Aber ich hoffe immer, dass das irgendwann wieder vorbeigeht.“

Die Tür klappt und ich springe so abrupt auf, dass die Stuhlbeine auf den Steinfliesen quietschen.
„Huhu, Mädels. Es kann losgehen“, höre ich Tony an der Eingangstür.
„Komm.“ Ich packe Sophie an der Hand und ziehe sie hinter mir her.
„Na endlich“, stoße ich hervor, als wir Tony im Flur gegenüberstehen. Sie trägt zwei Papiertüten im Arm.
„Entspannt euch.“ Tony grinst. „Wir haben noch genügend Zeit. Hier in den Tüten habe ich alles, was wir brauchen. Ich war noch auf Beutezug bei meinen Mädels. Nur das Beste für die Stars.“ Sie lacht uns an und ich weiß wieder, warum ich meine große Schwester so lieb habe. Wenn sie etwas verspricht, hält sie sich auch daran.
Sie bekommt einen dicken Kuss auf die Wange.

♫

Kurz darauf stehen wir in Tonys Zimmer vor dem bodenlangen Spiegel zwischen Schminktisch und Schrank.
Tony tänzelt um uns herum und wirft mal Sophie ein Seidentuch in Grün-Blau-Tönen über die Schulter, um zu gucken, ob sie der Winter- oder Sommertyp ist,

und tupft in der nächsten Sekunde mir mit der Kuppe des Zeigefingers Lippenrot von ihrem Handrücken auf die Unterlippe, um zu schauen, welche Farbe meinen Typ am besten unterstreicht.
Sophie und ich lassen alles über uns ergehen und werfen uns hin und wieder begeisterte Blicke zu.
Das wird klasse.
Ganz bestimmt.
Tony hat echt von ihren Freundinnen noch Klamotten geholt – außerdem eine Kiste mit Modeschmuck in allen Formen und Farben. Sie ist superkritisch, während sie uns mal eine Art Collier aus Strasssteinen um den Hals legt, bevor sie die Idee verwirft und zu Lederschmuck und Federohrringen greift, was ihr dann aber auch nicht gefällt.
Sophie und ich schauen immer wieder in den Spiegel und staunen, wie sehr man sich mit dem richtigen Schmuck, Schminkzeug und Klamotten verändern kann.
Am Ende trägt Sophie ein blau-weiß geringeltes T-Shirt mit weitem runden Ausschnitt und engen halblangen Armen.
„Das passt", behauptet Tony forsch, „weil du so eine Mischung aus dem sportlichen und dem romantischen Typ bist. Es gibt dir ein bisschen Pep, verstehst du?"

Dazu trägt Sophie eine Reihe von Lederbändern um den Hals, die mit Glas- und Silberperlen unterbrochen sind. Die Jeans, die Tony für sie ausgesucht hat, sitzen auf Hüfte und passen wie angegossen. Lila Chucks mit Glitzersternen drauf, fertig.
Aber das Coolste ist eindeutig Sophies Frisur. Unfassbar, dass es Tony gelingt, etwas Schönes zu zaubern, ohne daran herumzuschnippeln. Die Zipfel dreht sie zu Wellen auf einem Lockenstab, bürstet sie dann über den Kopf. Am Ende flicht sie zwei dünne, lockere Zöpfe vom Scheitel aus, die sie hinten mit einem Lederband umwickelt. So kann Sophie jedenfalls nicht mehr den Vorhang zuziehen. Ihr hübsches Gesicht kommt super zur Geltung.
An Schminke nimmt Tony eine getönte Tagescreme, einen Hauch von Wimperntusche und etwas Glanz auf die Lippen.
Ich kann nicht fassen, wie schön meine Freundin ist.
„Jetzt fehlt nur noch dein Lächeln." Sophie lässt sich von mir wie eine Marionette drehen und schenkt mir in der nächsten Sekunde das schnuckeligste Grinsen, das ich bisher an ihr gesehen habe.
Fantastisch.
Für mich greift Schwesterchen ein bisschen tiefer in die Trickkiste. War ja klar. Mit mir kann sie es ma-

chen. Ich bin echt supergespannt, was dabei herauskommt.

Am Ende trage ich meine eigenen Jeans, dazu glitzergrüne Chucks, ein glitzergrünes Top mit Spaghettiträgern und darüber eine ganz weiche, kurze, supersüße schwarze Lederjacke.

Auch meine Haare bearbeitet Tony mit dem Lockenstab, sprüht dann aber fünftausend Liter Haarspray hinein. Als ich die Mähne zurückwerfe und in den Spiegel blicke, sehe ich aus, als hätte ich Papa beim Verlegen der elektrischen Leitungen geholfen und das falsche Kabel berührt.

Sophie und Tony lachen sich schlapp.

„Warte mal eine Minute, das sackt gleich zusammen", behauptet Tony. „Dann sieht es nur noch füllig und seidig aus. Wirste sehen."

Und tatsächlich, während ich mich mit weit aufgerissenen Augen beobachte, wird die Mähne glatter und flacher, bis die Haare in Wellen mein Gesicht umrahmen.

Mein Make-up besteht aus Tagescreme, Wimperntusche und Lipgloss, und ich bekomme als einzigen Schmuck zwei schwarze Kreolen, in denen ein grüner Glitzerstein funkelt.

Hand in Hand stellen Sophie und ich uns vor den Spie-

gel, eng aneinandergerückt, damit wir uns zusammen sehen können.
Wow!
Was für eine Verwandlung!
Als wäre eine Fee zu Besuch gewesen und hätte ein paar Zaubersprüche aufgesagt.
„Zufrieden?“ Tony hat ein sattes Grinsen im Gesicht, die Arme vor der Brust verschränkt. Ganz klar – die ist begeistert von ihrem Werk. Und wir können es auch gar nicht glauben.
„Hoffentlich hält das alles bis zum Auftritt“, sage ich.
„Na ja, Spaghetti mit Tomatensoße würde ich mir an eurer Stelle nicht mehr reinziehen“, meint Tony. „Und ein Nickerchen ist auch nicht mehr drin.“
Ich umarme meine Schwester fest. „Du bist die Größte, Tony. Vielen, vielen Dank.“
Auch Sophie umarmt Tony. Ein bisschen steif zwar, aber ich spüre, dass es ihr ein Bedürfnis ist.
„Danke“, flüstert sie.

Eine Nummer zu groß?

Eine Stunde später ziehen wir los. Alle kommen mit: Papa, Mama, Theo, Tony, Oma, Opa und natürlich Sophie. Wir fahren mit zwei Autos und holen Sophies Großeltern von zu Hause ab. Sie warten vor dem Eingang des Hochhauses. Frau Belasan klammert sich an ihre Handtasche, ihr Mann hat die Daumen in die Ärmel der Lederweste gehängt, die er über seinem weißen Hemd trägt.

Sophie schaut die beiden schüchtern an. Eigentlich ist das total unnötig, denn auf dem Gesicht ihrer Tatik erscheint ein so glückliches Grinsen, dass jeder sieht, wie sehr der netten Frau ihre Enkelin gefällt.

„Wer ist hübsches Mädchen? Wo ihr habt Sophie gelassen?“, fragt Sophies Großvater augenzwinkernd und bricht in gutmütiges Bärenlachen aus.

„Nette Leutchen“, höre ich Oma Meggie neben mir flüstern.

Endlich düsen wir ab, Richtung Stadthalle. Dort wuseln schon unzählige Menschen herum. Auf dem Parkplatz bilden sich Autoschlangen und direkt vor dem Haupteingang der Halle sehe ich einen Wagen mit dem Schriftzug des TV-Senders, der über die Veranstaltung berichten wird.
Als wir aussteigen, fühle ich mich, als hätte ich einen Stock verschluckt. Ich weiß gar nicht, wie ich mich bewegen soll, um nur ja nichts an meinem Styling zu ruinieren. Ein Blick in Sophies angespanntes Gesicht zeigt mir, dass es ihr ähnlich geht. Ich stupse sie mit dem Ellbogen in die Seite und grinse. Sophie lächelt schief zurück.
Theo läuft voran, nach ihm stolzieren Sophie und ich. Der Rest folgt wie unsere persönliche Eskorte.
Nicht so übel, das Gefühl, und ich hebe den Kopf ein bisschen mehr, straffe die Schultern und versuche ein Prinzessinnenlächeln.
Die Stadthalle selbst verschwindet hinter einem Baugerüst und dicken blauen Planen. Hoffentlich sieht es drinnen besser aus! Die vor einem Konzert übliche Bühnenprobe wurde nämlich erst gar nicht angesetzt, weil feststand, dass die Handwerker bis zur letzten Minute schuften müssen.
Mann, mein erster großer Auftritt soll nicht zwischen

aufgeklopften Wänden und losen Elektrokabeln stattfinden! Davon hatte ich in den letzten Wochen echt genug in der Villa. Wir treten ein. Theo stoppt abrupt. Als hätte er auf dem Dachboden drei Mäuse und fünf Gespenster auf einmal in seiner Falle entdeckt.
Auch mir klappt der Mund auf. Der in warmen Farben gehaltene Eingangsbereich ist riesig! In der Garderobe könnten alle Einwohner Birkensees auf einmal ihre Jacken abgeben. So viele Kleiderbügel hängen da, die jetzt, weil es immer noch hochsommerlich warm ist, natürlich leer sind.
Wie viele Menschen in der eigentlichen Halle auf das große Finale warten, lässt sich nur am Gemurmel erahnen, das zu uns schwappt, wenn jemand durch eine der drei dicken Holztüren gegenüber der Garderobe kommt.
Oma Meggie schließt zu uns auf. Sie trägt heute ihr schönstes Hängerchen mit Tausenden kleiner lila Blumen drauf. Einen lila Schal hat sie sich wie einen Turban um den Kopf geschlungen.
„Dann mal los, mein Sonnenstrahl."
Papa hält die mittlere Tür auf und Sophie und ich schreiten als Erste durch.
Hinter uns wird gezischt. Ich drehe mich um und sehe, dass Tony offenbar in Papa hineingelaufen ist, weil der

gestoppt hat und mit offenem Mund an die Hallendecke starrt.
„Mann, Papa." Sie zückt den kleinen Schminkspiegel aus ihrer Handtasche, um zu kontrollieren, ob der Unfall Schaden an ihrem Make-up angerichtet hat. Es scheint alles in Ordnung zu sein, Tony packt den Spiegel weg und sieht sich um.
Klar, die ist auf der Suche nach Ben, der ja auch hier sein muss, weil sein jüngerer Bruder mit den Sweetboyz direkt vor Sophie und mir auftritt.
„Seht euch nur mal die Dachkonstruktion an", ruft Papa.
Die kreuz und quer verlaufenden Träger für das mit Glasfenstern durchzogene Dach sind tatsächlich ziemlich eindrucksvoll. Auch Mama ist hin und weg von der Raumgestaltung.
„Da stimmt jedes Detail. Schau mal die Handläufe, Jimi …"
Sie zieht Papa zu den Stufen, die nach unten in den Zuschauerraum und in Richtung Bühne führen.
„Wow", sagt Tony neben mir. „Das ist ja ein Ding. Pink wäre neidisch auf dich."
Es ist mir beinahe peinlich, dass ich das kleine Podest beim Vorausscheid in der Schulaula als Bühne bezeichnet habe. Denn die Bühne, auf die ich jetzt starre,

hat so gar nichts mit den paar Brettern gemeinsam. Zehn Meter hoch ist *das Ding* und 15 breit. Mindestens. Eine ganze Batterie Scheinwerfer leuchtet jeden Quadratzentimeter aus, an den Seiten stehen Boxentürme, die doppelt so hoch sind wie Papa und Opa zusammen.

Die Scheinwerfer gehen aus, es wird beinahe dunkel im Saal. Ein einzelner Spot flammt auf, wechselt die Farben quer durch den Regenbogen und leuchtet den Mikrofonständer in der Mitte der Bühne an.

Und dort soll ich später stehen? Mir wird immer mulmiger. In Gedanken gehe ich noch einmal zum ersten Schultag nach den Sommerferien zurück.

Hätte ich nach Sophies Vorspielen in Harrys Stunde doch den Mund gehalten.

Es ist nicht so, dass ich auch nur eine Sekunde der letzten Wochen missen möchte. Sophie und ich sind richtig gute Freundinnen geworden. Etwas Schöneres, als mit ihr Musik zu machen, kann ich mir nicht vorstellen. Aber mittlerweile verstehe ich, warum sie gezögert hat mir ihren Song zu zeigen. Es ist doch ganz anders, etwas für sich selbst zu machen und daran Freude zu haben, als sich einem riesigen Publikum und einer Jury zu stellen und abzuwarten, wie sie einen finden.

Unsere Schule haben Sophie und ich zwar überzeugt. Aber gegen das hier war das Kindergeburtstag. Ich frage mich ernsthaft, ob das Finale nicht eine Nummer zu groß für uns ist. Immerhin geht es darum, vor dem Vertreter eines Plattenlabels zu bestehen, einer Redakteurin von Kids-TV und – zu allem Überfluss – Michael Kierfeld, Janoschs Vater, der als Moderator des örtlichen Radiosenders mit in der Jury sitzt.
Was eigentlich, wenn ich es wie Sophie damals mache und behaupte, eine schlimme Sommergrippe hätte mich erwischt und ich brächte keinen Ton heraus? Dann wäre es doch nicht meine Schuld, wenn wir gar nicht …
Quatsch! Wir haben so hart gearbeitet. Im letzten Moment kneifen gilt nicht. Und den blöden Sweetboyz kampflos das Feld überlassen erst recht nicht.
Ich atme tief durch und schließe zu Sophie und ihren Großeltern auf. Gemeinsam steigen wir die Stufen hinunter.
Tony begegnet zwei Klassenkameradinnen und begrüßt sie mit Küsschen rechts und Küsschen links. Ich bin ziemlich überrascht, als sie sich nicht gleich zu ihnen pflanzt und den neusten Tratsch austauscht, sondern mir und Sophie weiter folgt.
„Danke, Tony“, flüstere ich ihr zu.

„Ist doch logisch, Schwesterchen."
Rechts und links der Bühne trennen schwere schwarze Vorhänge den Zuschauerraum vom Backstage-Bereich. Schulleiter Lampe hat uns am Morgen informiert, dass sich dort die Teilnehmer für den Wettbewerb einfinden sollen. Genau da steht Lampe nun. Neben ihm das gesamte Lehrerkollegium sowie die komplette 6 b. Harry trägt eine bis zu den Waden reichende braune Tunika. Eigentlich ganz schick, wäre da nicht das über ihren Schultern liegende Tuch, das aussieht wie einmal durch den Wasserfarbkasten gezogen.
Ich unterdrücke ein Kichern. Ob ich meiner Musiklehrerin auch mal Tony als Modeberaterin ans Herz legen soll? Aber eigentlich passt alles zu ihrem Typ und ich zwinkere ihr zu, als sie die Hände mit gedrückten Daumen hebt und mich durch ihre dicken Brillengläser hindurch anstrahlt. Sie glaubt ganz fest an uns. Irgendwie ein schönes Gefühl. Das beste vielleicht in diesen Minuten.
Schräg hinter ihr entdecke ich Janosch und warte auf sein blödes Ga-ga-gack. Steckdosennase fährt sich ein paarmal durch die kringeligen Haare und streckt dann die Hand mit ausgestrecktem Zeige- und Mittelfinger aus.
Frieden? Seit wann ist der denn so zahm?

Aber gut, mit einem Waffenstillstand für heute kann ich leben. Ich nicke wohlwollend.
Täusche ich mich oder wechselt Janoschs Gesichtsfarbe in Schweinchenrosa? Nee, wahrscheinlich spielen die Bühnentechniker nur wieder mit den Scheinwerfern und Janosch steht so, dass er das Licht reflektiert. Mein Blick fällt auf Isabel, Marit und Klara. Ich muss grinsen. Allein dafür hat sich der Aufwand mit Sophies Styling gelohnt. Die drei kriegen ihre Münder gar nicht mehr zu. Auch Sophie bemerkt das und fasst endlich Selbstvertrauen. Sie spaziert mit einem fröhlichen „Hallöchen" an ihnen vorbei und hebt lässig die Hand wie die Queen auf Staatsbesuch.
„Da sind ja unsere Hoffnungsträgerinnen", begrüßt Lampe Sophie und mich, als wir bei ihm ankommen, und schüttelt auch Mama und Papa die Hand.
Harry lächelt mich immer noch warm an. Sie legt mir die langen Finger auf den Rücken. „Ihr packt das. Ihr habt beide so viel Talent. Ihr habt keinen Grund, nervös zu sein."
Klar hat sie uns in den letzten Wochen total unterstützt und wertvolle Tipps gegeben. Ohne sie ständen wir nicht hier. Aber auf die Bühne müssen wir doch allein. Auch die übrige Lehrerschaft verteilt letzte gut gemeinte Ratschläge.

„Stellt euch einfach vor, ihr wärt zu Hause."
„Die anderen kochen auch nur mit heißem Wasser."
„Für uns seid ihr jetzt schon Gewinnerinnen."
Harry wendet sich dem Gespräch zwischen Lampe, Mama und Papa und Oma und Opa zu. Oma Meggie macht Harry ein Kompliment über ihr Tuch und schon sind die beiden Frauen in eine Fachdiskussion über indische Baumwolle vertieft.
Passend dazu loben nun auch die Mädchen der Klasse Sophies und mein Outfit – bis auf Isabel, Marit und Klara, die abseits stehen und betont auffällig nach oben schauen, als interessierten sie sich genauso für das Dach wie Papa.
Ich freue mich für Sophie, die ich zum ersten Mal richtig gelöst mit den anderen Mädels quatschen sehe. Supersüß sähe sie aus, höre ich ein ums andere Mal.
Für unsere Klassenkameraden scheint schon festzustehen, dass Sophie und ich den Sieg in der Tasche haben. „Danach wird richtig gefeiert", sagt Fabienne und Ayila meint: „Ihr seid die Besten."
Die Bemerkungen sacken wie Steine in meinen Magen und sammeln sich zu einem dicken Haufen an Erwartungen. Haben die überhaupt eine Ahnung, wie hart die Konkurrenz ist? Von den anderen Teilnehmern hat es niemand mal eben so ins Finale geschafft.

Da sind bestimmt Hammerstimmen dabei und richtig gute Musiker. Und an die Performance der Sweetboyz mag ich gar nicht denken.

„Jetzt wird es aber Zeit." Lampe kommt zu uns. „Ihr müsst los. Toi, toi, toi."

Der Moment ist da. Die Familien der Teilnehmer dürfen nämlich nicht backstage. Klar, wenn alle ihre Eltern mitnehmen würden, wäre im Zuschauerraum nur halb so viel los und hinten würde man sich auf die Füße treten.

Mama umarmt mich fest. Papa will mir über den Kopf streicheln. Ich kann ihn gerade noch davon abhalten.

„He, meine Frisur!"

Papa grinst. Ich sehe, dass er irgendwas sagen möchte. Was ist denn mit dem los? Kann doch nicht sein, dass es in seinen Augen feucht glitzert, oder? Er soll jetzt bloß nicht auf die Idee kommen, mir vor versammelter Mannschaft einen Schmatzer auf die Stirn zu drücken oder so. Peinlicher ginge es kaum.

Papa seufzt und zwinkert mir zu. Himmel, der ist ja ganz ergriffen.

Jetzt spüre ich auch einen dicken Kloß im Hals.

Endlich macht er sich mit dem Rest der family und Sophies Großeltern auf die Suche nach freien Plätzen

möglichst weit vorne. Sie verschwinden im Gedränge. Plötzlich fühle ich mich allein.
Schlecht wäre es nicht gewesen, wenn zumindest einer von ihnen mich hätte begleiten können. Oder wenn Pia es doch geschafft hätte, hier zu sein, um mir Beistand zu leisten.
Aber ich habe Sophie, meine zweite beste Freundin. Und die kann am allerbesten nachempfinden, wie ich mich fühle. Unsere Blicke treffen sich. Wir fassen uns bei den Händen und gehen durch den Vorhang, den Lampe uns aufhält.
Hinter der Bühne herrscht trotz des Elternverbots ein größeres Gedränge als in der Berliner U-Bahn zur Hauptverkehrszeit. Zwei Ordner empfangen die Neuankömmlinge und dirigieren sie zur Anmeldung und zu den Garderoben.
Wir werden von einer jungen Frau zu einer Reihe von Schminktischen begleitet, wo wir warten sollen. Sophie und ich sind nämlich als Letzte dran.
„Zum Glück hat Tony uns schon gestylt." Ich mache Sophie auf drei Girls aufmerksam, die sich am Tisch neben uns viel zu viel Farbe ins Gesicht klatschen.
Sophie kichert. „Happy Halloween!"
Unser Gefeixe kann nicht darüber hinwegtäuschen, dass wir von Minute zu Minute angespannter werden.

Als Janoschs Vater das Finale mit ein paar überraschend gelungenen Gags eröffnet, sitzen wir schweigend da.
Wir hören uns die Auftritte der anderen Teilnehmer an. Es sind tatsächlich gute Stimmen und Musiker dabei. Trotzdem finde ich, dass kein Lied an *My Way* herankommt.
Ich fasse neuen Mut ... und halte es nicht länger hier hinten aus. Gleich kommen die Sweetboyz. Die würde ich mir zu gerne anschauen. Nur um zu wissen, wie ihre Performance auf der großen Bühne wirkt, versteht sich. Ich stehe auf und ziehe Sophie mit zum schwarzen Vorhang.
Wir suchen einen Platz, von dem aus wir sowohl das Publikum als auch die Bühne im Blick haben. Dort bauen zwei Techniker gerade das Schlagzeug auf.
Sophie schnaubt. „Das ist fast schon Betrug, meinst du nicht auch? Die spielen doch Playback!"
Nein, finde ich nicht. Ich finde es in Ordnung, dass die Sweetboyz das Lied vorher eingespielt haben und sich jetzt auf ihren Auftritt konzentrieren.
Vor der Bühne wird das Gedränge immer dichter. Manche Girls haben sich weiße Tops angezogen, auf die sie mit Edding den Sweetboyz-Schriftzug nachgemacht haben. Ein paar haben sich den Bandnamen sogar auf

den Unterarm oder die Stirn geschrieben. Na, hoffentlich waren die so schlau dafür keinen Edding zu nehmen.
Peinlich ist das trotzdem. Oder?
Sophie schimpft weiter. „Die können doch gar nichts!“ Sie nestelt an den Haaren herum und zieht eine Strähne vors Gesicht.
„Hör doch mal auf.“ Ich schiebe ihre Haare wieder dahin zurück, wo sie hingehören. „Ich bin genauso aufgeregt wie du. Aber weißt du was? Wir müssen uns die ja nicht angucken. Vielleicht sollten wir nach hinten gehen und uns noch mal auf unser Lied einstimmen?“
Ganz leicht fällt mir das nicht. Mich hätte schon interessiert, ob Alexander auch hier noch grinsen kann, als wäre das alles ein Spaß für ihn. Aber wenn Sophie so kurz vor dem wichtigsten Moment in unserem Leben in ihr Mauerblümchen-Dasein zurückfällt und an sich zweifelt, sollte ich darauf besser verzichten.
Ich drehe mich um.
Und sehe mich zwei Männern gegenüber, die aus einem Science-Fiction-Film stammen könnten.
Einer trägt eine Umhängetasche, aus der ein Gerät mit unzähligen Knöpfen schaut, an denen er dreht. Mit den klobigen Kopfhörern auf den Ohren sieht er aus wie ein Insekt. Die lange Angel mit dem Mikro ist der Rüssel.

Auf der Schulter des anderen Manns hockt eine Kamera. Um das Objektiv führt eine grell leuchtende Röhre wie ein großes Auge.
Und es sieht mich an.
„Hallo“, höre ich eine Stimme von irgendwo hinter dem Auge. Eine Frau tritt nach vorn. Ihre lackschwarzen Haare stehen wie bei einer Manga-Figur nach allen Seiten ab, sie trägt ein knalliges Shirt mit dem Tanzstudio-Logo von Kids-TV und strahlt uns mindestens genauso hell an wie die Kamera.
„Ihr müsst Frida und Sophie sein, richtig?“
Ich merke erst, dass ich stur ins Kameralicht starre, als Sophie mich anstößt. Meine Augen brennen, ich habe vergessen zu blinzeln.
„Ja“, sage ich krächzend und zwinkere ein paarmal.
Die Frau dreht sich zur Kamera und quatscht drauflos, als säße sie mit ihren Freundinnen zusammen. „Das sind also Frida und Sophie, meine Lieben. Ich habe gehört, dass sie die einzigen Teilnehmer sind, die mit einem eigenen Song antreten werden. Ziemlich cool, findet ihr nicht auch? Und mutig.“ Sie wendet sich wieder uns zu. „Wie seid ihr auf die Idee gekommen? Habt ihr den Song zusammen geschrieben oder nur eine von euch? Ist das nicht ein Risiko, mit einem eigenen Song anzutreten? Immerhin waren die Lieder

der anderen alle schon in den Hitparaden und jeder kannte sie."

Auf welche Frage soll ich antworten? Und wieso überhaupt ich? Ich werfe einen Blick zu Sophie, aber die schaut mich wieder einmal nur mit großen Augen an. Klar, die denkt, dass ich auf der Bühne im Mittelpunkt stehe und deshalb auch hier diejenige sein sollte, die uns präsentiert.

Ich schlucke schwer.

Was will die Frau wissen? Ach, ja ... warum wir uns für *My way* entschieden haben.

„Eine Geschichte erzählen", sage ich. „Darum geht es doch. Beim Singen."

Hallo? Seit wann kann ich nicht mehr in ganzen Sätzen sprechen? Ich atme tief durch. „Ich meine, deshalb spielen wir unser Lied. Weil es besser als alle anderen ausdrückt, was wir fühlen."

Die Frau setzt an, noch eine Frage zu stellen, als die Mädels im Zuschauerraum loskreischen, als wäre ein Feuer ausgebrochen.

„Meine Lieben", spricht die Frau wieder in die Kamera. „Es ist so weit. Die Sweetboyz gehen an den Start. Drei süße Jungs aus Birkensee, die eine besondere Performance versprochen haben. Wir sind gespannt und wollen keine Sekunde verpassen. Also, los, mit-

kommen." Sie schnippt mit den Fingern und zieht die Kamera herum, als würde sie die Leute vor dem Fernseher tatsächlich an der Hand fassen und mitnehmen wollen.
Die Monsterinsekten staksen hinterher.
Tatsächlich betreten in diesem Moment die Sweetboyz die Bühne. Die Lichter im Saal gehen aus. Nur die Glitzerschrift auf den Shirts der Jungs funkelt. Blöd, dass Sophie und ich nicht mit den Bühnentechnikern gesprochen haben, welche Möglichkeiten wir mit Lichteffekten haben.
Die drei Schatten nehmen ihre Positionen ein.
Neben mir schüttelt Sophie den Kopf. „Wieso spielt der da G-Dur? Das passt doch gar nicht."
Die Sweetboyz haben angefangen. Vom Intro hört man aber kaum etwas, weil sich die Mädchen vor der Bühne immer noch heiser kreischen. Nur Sophie mit ihrem feinen Gehör für Melodien hat mitbekommen, dass die ersten Akkorde des Gitarristen Leo noch schräger klingen als bei der Probe, die wir belauscht haben. Ein Spot wird auf Schlagzeuger Nils gerichtet. Er kommt hinter seinem Instrument vor. Auch Leo legt seine Gitarre zur Seite. Die drei Jungs stehen jetzt in einer Reihe – und mit einem Bassgrummeln, das über die Füße in den ganzen Körper bis in die Fingerspit-

zen geht, wird die Musik schlagartig laut. Alle Scheinwerfer gehen an.
Die Mädels vor der Bühne rasten aus.
Die Jungs machen ihre ersten Schritte. Jede neue Drehung wird von begeistertem Applaus begleitet.
„Wow“, mache ich. Zum Glück kriegt Sophie das nicht mit. Obwohl auch die zugeben müsste, dass die Performance mit dem Licht noch hundertmal abgefahrener ist als in der Hinterhofgarage.
Schnipsend und gebeugt laufen die Sweetboyz zum Bühnenrand. Selbst von unserem Platz aus kann ich erkennen, dass Alexander grinst und die Mädchen in der ersten Reihe mit einem Augenzwinkern zur nächsten Kreischattacke bringt.
Der hat es wirklich drauf. Langsam frage ich mich, wie wir nach dem Auftritt und der begeisterten Reaktion der Zuschauer noch punkten sollen.
Allerdings fällt mir auch auf, dass die Choreografie sich wiederholt.
Das sind doch dieselben Schritte wie am Anfang?
Und wieder.
Auch der Song wirkt auf Dauer ziemlich eintönig. Klar, der stampfende Bass fordert geradezu zum Tanzen auf, aber die wenigen Worte, die die Sweetboyz zwischendurch ins Mikro stoßen, sind völlig belanglos.

Sophie neben mir kommt aus dem Kopfschütteln gar nicht mehr raus. „Das ist sooo billig. Da schreib ich dir an einem Nachmittag fünf Songs von."
Zutrauen würde ich es ihr. Aber trotzdem: Die Jury wird auch die Reaktionen des Publikums in ihre Entscheidung einbeziehen. Und da haben die Sweetboyz bis jetzt ganz klar die Nase vorn.
Aber unser Lied ist besser.
Tiefer.
Irgendwie ... wahrer.
Allein deshalb muss es gewinnen, coole Performance hin oder her.
Mit einem gewaltigen Lichtblitz endet der Song der Sweetboyz. Die Mädchen vor der Bühne schreien sich noch einmal die Seele aus dem Leib. Die Jungs grinsen. Bei dem schlaksigen Alexander sieht das wieder echt und ehrlich aus. Die anderen beiden verbeugen sich und posen so ausgiebig, bis auch die Leute in der letzten Reihe kapiert haben müssen, dass die sich schon als Sieger sehen.
Das Team von Kids-TV rückt den dreien auf die Pelle. Die Sweetboyz scheint das nicht zu stören. Sie albern herum, machen Gesten wie die Stars und lassen sich feiern.
In ein paar Minuten sind Sophie und ich an der Reihe.

Auch wenn ich jetzt unbedingt zeigen möchte, was wir können, ist es doch ein kribbeliges Gefühl, zu wissen, dass wir nur diese eine Chance haben.
Ob alles funktioniert?
Ob ich den Text auswendig kann und alle Töne treffe?
Ich schließe die Augen und mache so unauffällig wie möglich meine Stimmübungen, atme dabei tief in den Bauch.
Auch Sophie darf bei den komplizierten Griffen und Tempiwechseln kein Fehler unterlaufen.
Ich schaue rüber zur Bühne, wo wir gleich stehen werden, und stutze.
Was machen Papa und Theo da bei den Technikern?
Papa zeigt zu einzelnen Scheinwerfern und drückt einem der Männer ein Blatt in die Hand. Theo verteilt komische Büchsen auf der Bühne. Sehr seltsam das alles.
Aber darüber kann ich mir jetzt keine weiteren Gedanken machen. Das Schlagzeug der Sweetboyz ist schneller abgebaut als gedacht. Schon steht Janoschs Vater oben und kündigt den letzten Auftritt des Nachmittags an.
Das sind wir.

My way

Die Scheinwerfer blenden. Ich muss mich anstrengen die Augen nicht zu schließen oder sie mit der Hand gegen das Licht abzuschirmen. Zwei Meter hinter mir sitzt Sophie auf ihrem Hocker und kontrolliert ein letztes Mal, ob ihre Gitarre richtig gestimmt ist.
Jetzt ist sie fertig.
Aus den Augenwinkeln sehe ich eine Bewegung. Das Kamerateam hat am Rand der Bühne Aufstellung bezogen.
Ich muss unbedingt daran denken, mich nicht zu bewegen, damit mein Gezappel nicht vom Gesang ablenkt.
Noch einmal tief Luft holen. Alles wird gut, Frida.
Im Zuschauerraum ist es jetzt still wie unter Wasser. Eine Spannung liegt in der Halle, die ich wie kleine Stromstöße an meinem Rückgrat fühle.
Sophie zählt leise an, dann schlägt sie die ersten Ak-

korde. Ich versuche an das Mädchen und seinen Traum zu denken, kann aber nicht verhindern, dass ich immer wieder zur Kamera schielen muss.
Sophie zupft.
Mein Einsatz. Ich singe die erste Zeile. Sie kommt gut, aber ich hätte den letzten Ton länger halten müssen.
Mist.
Hoffentlich hat das keiner bemerkt.
Normalerweise hebe ich an der Stelle die Hand, als könnte ich den Ton damit greifen und in die Länge ziehen.
In der nächsten Zeile muss alles sitzen.
Was, wenn ich den Arm vielleicht doch hochnehme? Ein kleines Stück nur, das fällt doch kaum auf?
Ich mache es …
Yes. Das war besser. Viel besser.
Ich schließe die Augen … und sehe eine große Bühne, auf der das Mädchen steht. Allein. Niemand glaubt an es. Ich strecke meine Arme zum Zuschauerraum, als könnte ich dem Publikum die ganze Trauer und Enttäuschung entgegenschleudern, die das Mädchen fühlt … *no one believes in me* … Alle denken, dem Mädchen sagen zu können, was besser für es ist … *not good enough* … *laugh 'bout me* … Aber das Mädchen beginnt

für seinen Traum zu kämpfen! Bevor ich weiß, was passiert, schnappe ich mir das Mikro und reiße es aus dem Ständer … *running and running and running* … Ich renne tatsächlich quer über die Bühne und stelle mich rechts auf! … *running and running and running* … Ich spurte nach links. Stillhalten ist nicht.

Trotz der Bewegung kommen alle Töne jetzt wie von selbst. Ich muss mich gar nicht anstrengen, es ist, als wäre ich nur das Instrument, auf dem die Geschichte des Mädchens sich selbst erzählt.

Sophie schlägt den Refrain an. Der Rhythmus wechselt. Ich stehe ganz vorn am Bühnenrand und kann endlich einen Blick ins Publikum werfen.

Tatsache – die Mädchen, die gerade noch wegen der Sweetboyz fast in Ohnmacht gefallen wären, gehen richtig mit! Auch in den Stuhlreihen stehen etliche Mamas und Papas auf und klatschen.

Ganz hoch muss ich jetzt kommen, deshalb strecke ich meinen Arm in die Luft. *I am going my way, my way, my way.*

Bei der Wiederholung traue ich meinen Ohren nicht. Da singen sogar welche mit! *My way, my way, my way.*

Wie genial ist das denn?

Ich singe die nächste Strophe und werfe zwischendurch einen Blick zu Sophie.

Die sitzt jetzt gar nicht mehr, sondern hat sich die Gitarre unter den Arm geklemmt und rockt ab.
Ich erkenne sie nicht wieder und sie scheint selbst von sich überrascht zu sein, denn als sie den Kopf kurz hebt und mich sieht, zuckt sie einmal mit den Schultern und zwinkert mir zu, bevor sie wieder loslegt.
Der Refrain.
Ich renne zum Publikum. Ich fühle die hohen Töne in den Fingerspitzen und die tiefen im Bauch. Ich wirbele um die eigene Achse, springe, hüpfe und fordere das Publikum auf mitzumachen.
Und alle jubeln.
Sophie geht zum Abschlussrefrain über.
Doch ... was ist das? Es knallt um mich herum.
Theos Büchsen.
Zunächst wallt zu unseren Füßen ein feiner Nebel wie Feenstaub. Sieht von unten bestimmt aus, als stünden wir auf einer Wolke. Super.
Im nächsten Augenblick schießt eine Glitzerfontäne hoch. Konfetti in Lila und Silber regnet auf mich herab. Es fühlt sich an, als fielen die Sterne vom Himmel. Dann geht die nächste Fontäne los. Zeitversetzt starten sechs oder sieben Büchsen, ich zähle gar nicht mehr mit. Der Glitzerregen fällt und schwebt während des gesamten Abschlussrefrains. Die perfekte Unter-

malung für unser Lied. Es funkelt und blinkt, dass die Sweetboyz mit ihren Shirts dagegen wahrscheinlich ausgesehen haben wie müde Glühwürmchen.
Das Publikum ist nur noch eine wogende Masse. Die meisten Schüler singen inzwischen mit, klatschen im Takt, die Erwachsenen hinter ihnen stoßen „Ahs“ und „Ohs“ aus und geben Zwischenapplaus für die einmalige Show. Wenn ich einzelne Gesichter in der Menge erkenne, sehe ich die Begeisterung, die strahlenden Augen, und mein Herz wummert. Unser Lied geht zu Ende.
Aus dem Augenwinkel entdecke ich, während Sophie die letzten Töne spielt, Theo und Papa bei dem Techniker, mit dem sie das Glitzerfeuerwerk abgesprochen haben müssen. Die beiden klatschen sich ab.
Wie süß war das denn von ihnen? Deshalb also die rätselhaften Andeutungen. Jetzt weiß ich auch endlich, was sie mit „Männersache“ gemeint haben. Glitzerfontänen, so so.
Noch einmal ich. Ganz sanft, mit allem Gefühl, das ich habe: *I am going my way, my way, my way.*
Der letzte Ton verklingt.
Schweigen legt sich über die Halle, als hielten alle die Luft an.
Bis auf meinen eigenen Atem höre ich nichts.

Und noch eine Überraschung

„Frida ist die Größte!“ Theo. Er hüpft am Bühnenrand herum und bricht damit den Bann.

Tosender Applaus brandet auf. Die Leute johlen und pfeifen. Manchen Eltern stehen sogar die Münder offen. Immer lauter wird der Applaus. Janoschs Vater, der zu uns auf die Bühne kommt, braucht ewig, um das Publikum halbwegs zu beruhigen.

Sophie steht wie vom Blitz getroffen vor ihrem Hocker und rührt sich nicht. Wahrscheinlich kapiert die jetzt erst, wie sie abgegangen ist.

Ich laufe zu ihr und wir fallen uns um den Hals.

„Wir haben es geschafft“, haucht Sophie mir ins Ohr.

Schluchzt die? Ich schiebe sie ein Stück zurück. Tatsächlich, da kullert eine dicke Träne über ihre Wange. Zum Glück ist die Wimperntusche wasserfest. Ich will Sophie gerade fragen, was denn jetzt wieder los ist, als das Grinsen auf ihrem Gesicht immer breiter wird. Freudentränen, kapiert. Die hat es genauso umgehauen wie mich, als alle das Lied mitgesungen haben.

Unser Lied!

Wir haben die Zuhörer mit unseren Gefühlen berührt.

Echt.

Ich nehme ihre Hand und ziehe Sophie mit nach vorn.

Der Applaus wird noch einmal lauter, als wir uns verbeugen.

Als ich hochkomme, schaue ich in die Kamera von Kids-TV.

Auweia, die hatte ich vergessen.

Wie das wohl ausgesehen hat, als ich so irre rumgehüpft bin?

Egal.

Es hat sich gut angefühlt.

Und richtig.

Weil es jetzt sowieso nicht mehr peinlicher werden kann, wende ich mich zu Papa und Theo und werfe eine Million Kusshände zu ihnen hinüber.

Ihr seid die Besten.

Mama, Tony und Oma und Opa tauchen neben den beiden auf. Auch Sophies Großeltern sind da … und …

Moment mal.

„Pia!" Ich stoße ihren Namen so laut aus, dass Sophie

neben mir wahrscheinlich drei Tage lang die Ohren pfeifen werden.
Das gibt es doch gar nicht. Da steht meine allerliebste Pia mit breitem Grinsen im Gesicht keinen Meter neben meinen Leuten und hebt beide Hände mit nach oben gerichteten Daumen in die Höhe!
Tina, Pias Mama, kämpft sich durch das Gewusel vor der Bühne zu meinen Eltern. Mich hält es nicht länger hier oben. Ich ziehe Sophie mit und sause zu Pia.
Kurz bevor wir sie erreichen, lasse ich Sophie los, um Pia zu umarmen.
„Seit wann bist du da? Deshalb hast du also nicht geantwortet. Habt ihr das schon lange geplant?"
Ich höre mich an wie die Reporterin von Kids-TV. Tausend Fragen auf einmal. Die wichtigste stelle ich jetzt: „Hast du unseren Auftritt mitbekommen?"
„Boah", macht Pia nur und sieht mich an, wie sie noch nie geschaut hat. „Das war der Ober-ober-ober-Hammer!"
Wir quieken eine Runde vor Freude und hüpfen im Kreis.
Pia, meine allerliebste Pia.
Aber halt, ich muss ihr jemanden vorstellen. Ich winke Sophie wieder ran, die gerade von ihrer Oma abgeknutscht wird und wahrscheinlich froh darüber ist,

dem Kussgewitter zu entkommen. Glücklich strahlend kommt sie zu uns.
„Das ist Pia. Meine allerbeste Berliner Freundin“, sage ich.
Sophie lächelt zwar, aber ich sehe, dass ihr Strahlen flackert. Sie weicht meinem Blick aus und schaut zu Boden. „Und das“, sage ich weiter und lege meinen Arm um Sophies Schultern, „ist Sophie. Meine allerbeste Freundin hier in Birkensee.“
Sophie sieht mich wieder an. Ein zögerliches Lächeln erscheint auf ihrem Gesicht. Ich nicke. Weil ich noch einen Arm frei habe, schnappe ich mir auch Pia und wir hüpfen zu dritt im Kreis, bis wir vor Kichern nicht mehr können.
Mann, was für ein Abend.
„Das Lied hast du echt selbst geschrieben?“ Pia sieht Sophie an.
Die nickt. „Wir haben das zusammen gemacht“, sagt sie. „Frida und ich.“
Pia zieht anerkennend die Mundwinkel runter. „Geil.“ Und zu mir sagt sie flüsternd, als Sophie nicht aufpasst, weil jetzt auch ihr Papik sie durchknuddeln und zum Auftritt beglückwünschen will: „Ich weiß gar nicht, was du hast, Süße. Die kommt doch ziemlich cool rüber. Schicke Klamotten hat die an, im Gegensatz

zu ein paar anderen Dorftrampeln hier. Ey, ich bin echt froh, dass wir das Nest gefunden haben. Mama hat sich dreimal verfahren, sonst wären wir früher da gewesen und ich hätte dir noch Glück wünschen können."

„Hauptsache, du bist jetzt da." Mir fällt noch etwas ein. „Wann müsst ihr heute Abend denn zurückfahren? Haben wir noch Zeit zum Quatschen?"

Pia grinst. „Ich fahre heute nicht mit zurück. Rate, wo ich penne ..."

„Echt?"

„Alles schon mit deinen Alten abgesprochen. Es sei denn, du willst lieber allein ..."

„Spinnst du?" Ich boxe Pia spielerisch in die Seite und habe schon den nächsten Gedanken. „Vielleicht darf Sophie auch bei mir übernachten. Dann machen wir es uns gemütlich und reden die ganze ..."

Ich werde unterbrochen. Papa tippt mir auf die Schulter. „Ich störe nur ungern. Aber da oben tut sich was."

Ich schaue zur Bühne. Da stehen neben Janoschs Vater nun auch die anderen Juroren.

Die Entscheidung ist gefallen.

And the winner is …!

Für mich ist der Augenblick perfekt.
So perfekt, dass ich ihn am liebsten einfangen und in einer Glasflasche mit Korken verschließen würde. Die könnte ich dann öffnen, wenn es mir mal schlecht geht, und sofort wäre alles wieder da. Ich fühle mich wie bei einer rasanten Rutschpartie auf einem Regenbogen.
Wir haben gesungen und wir waren fantastisch. Wir waren so gut, wie wir es uns vorher niemals ausgemalt hätten. Alles hat geklappt, jeder Ton hat gesessen, jedes Wort war richtig betont.
Dann die Mega-Show von Papa und Theo, die dem Auftritt den passenden Glanz gegeben hat, und das tobende Publikum. Und am Ende alle meine Lieben: nicht nur meine Eltern, meine Großeltern, meine Geschwister und Sophie, sondern auch noch Pia.
Geht es noch besser?
Von mir aus kann gewinnen, wer immer es braucht.

Mir ist das jetzt egal, welche Entscheidung die Jury trifft.
Okay, *fast* egal. Wenn wir irgendwo auf einem der vorderen Plätze landen würden, wäre das schon eine Bestätigung, dass wir es richtig gemacht haben, dass sich die Mühe gelohnt hat und dass ich eben doch ein klitzekleines bisschen singen kann. Dann kann ich wirklich mal mit Harry quatschen, ob Sängerin als Beruf für mich in Frage käme ... Andererseits: Wir haben unser Bestes gegeben und ich bin so glücklich wie nie zuvor in meinem Leben. Ist es da nicht wurst, ob wir Dritte, Fünfte oder Siebte werden?
Offenbar bin ich aber die Einzige, die der Entscheidung der Jury halbwegs locker entgegenblickt.
Sophie neben mir hat angefangen am Nagel ihres Daumens zu knabbern. Ich packe ihre Hand und ziehe sie von ihrem Mund weg.
„Reiß dich mal zusammen." Ich grinse sie an, sie grinst zurück und lässt das Nagelkauen.
Pia auf meiner anderen Seite hat ihren Arm um meine Schultern gelegt und krallt ihre Finger fest in meinen Oberarm. Ich grinse auch sie an.
„Ihr wart die Besten", zischt Pia mir zu. „Das MUSS die Jury auch so sehen. Alles andere wäre Bestechung und Betrug."

Ich lache auf. „Die anderen waren auch gut."
Pia schüttelt den Kopf, dass ihre Haare um ihr Gesicht fliegen. „Lange nicht so gut wie ihr."
Oben auf der Bühne nimmt Janoschs Vater am Mikrofon einen langen Anlauf. Er bedankt sich bei allen Teilnehmern, lobt den Fleiß, den Mut und das Talent der „jugendlichen Musiker" und sagt, wie stolz er darauf ist, dass ein so herausragendes Finale ausgerechnet hier in Birkensee stattfindet.
Das Publikum lauscht ihm konzentriert, klatscht an den richtigen Stellen, aber die Anspannung liegt auch über den Zuschauerreihen. Alle wollen wissen, wer gewonnen hat.
Die Teilnehmer tummeln sich nun vor der Bühne, umgeben von ihren Familien und Freunden.
Ich lächele, als ich sehe, wie sich meine Klassenkameraden in dem allgemeinen Durcheinander einen Weg zu uns bahnen. Janosch setzt kräftig seine Ellbogen ein, bis er vor mir steht und anerkennend die Mundwinkel herabzieht.
„Das war gar nicht so übel, Frida Thun", ringt er sich ab.
„Danke, Janosch."
Hinter ihm tauchen Isabel, Marit, Klara, Fabienne, Alyia, Linus, Nelson und die anderen aus der 6 b auf.

Alle umringen mich, tätscheln meinen Rücken. Dann bilden sie mit gegenseitig auf die Schulter gelegten Armen eine Menschenkette mit mir, Pia und Sophie in der Mitte.

So starren wir nach oben auf die Bühne, wo sich Janoschs Vater zum Höhepunkt vorlabert.

„Die Entscheidung ist uns nicht leichtgefallen", läutet er das Ende seiner Rede ein. „Aber am Ende fiel das Ergebnis doch eindeutig aus. Natürlich haben wir den Auftritt auf der Bühne und die Reaktionen des Publikums bei unserer Beurteilung einbezogen ..."

Hinter uns kreischen ein paar Mädchen nach den Sweetboyz. Ich merke, wie Sophie neben mir stocksteif wird, und auch Pia holt tief Luft. Hoffentlich schreit die jetzt nicht was von Schiebung oder so. Das wäre endpeinlich. Als schlechte Verliererin will ich nämlich nicht dastehen. Auch wenn das Lied der Sweetboyz nicht so gut war wie unseres, haben sie die Halle doch mächtig gerockt – und wenn das für die Jury das Kriterium ist, gut. Dann hätten sie verdient gewonnen.

Janoschs Vater mahnt zur Ruhe. „Aber bei all dem haben wir auch nicht aus den Augen verloren, dass es sich hier um einen Gesangswettbewerb handelt. Es geht um das musikalische Talent, um die Reinheit der Stimme, das Treffen von Tönen, das Taktgefühl. Unter

Berücksichtigung all dieser Komponenten konnte es nur einen Sieger geben. Gewonnen haben …"
Es wird totenstill in der Stadthalle. Nur mein Herzschlag hämmert. Die Reinheit der Stimmen und das Treffen von Tönen waren nicht unbedingt die Stärken der Sweetboyz. Dann schon eher die von …
„… Frida Thun und Sophie Belasan!", ruft Janoschs Vater in diesem Moment. „Herzlichen Glückwunsch, ihr beiden!"
Der einsetzende Applaus übertönt jedes weitere Wort. Jubel wird laut, manche stampfen und trampeln. Meine Mitschüler schließen die Kette, bilden einen Kreis und fangen an zu hüpfen. Pia, Sophie und ich werden einfach mitgerissen.
„Wir sind Superstar!", ruft Janosch über den Lärm hinweg.
In meinem Kopf dreht sich alles in einem nicht enden wollenden Glitzerregen. Ich wende mein Gesicht zu Sophie und sehe ihre Augen strahlen wie Sterne, ihre Wangen sind pink.
„Wir haben es geschafft", flüstert sie dicht an meinem Ohr.
„Ja, wir haben es geschafft", flüstere ich auch, heiser vor Glück.
Aus den Augenwinkeln sehe ich meine Leute.

Mama tupft sich Tränen aus dem Gesicht, Papa zeigt mir den erhobenen Daumen, Tony neben ihm schickt mir eine Kusshand nach der nächsten und Theo hüpft mit in die Luft gereckten Fäusten, als hätte er Sprungfedern unter den Schuhen. Oma und Opa liegen sich in den Armen.
Meine Familie. Nie hatte ich sie lieber als heute.
Ich spüre Hände nach mir greifen.
Hilfe, was passiert denn jetzt?
Meine Mitschüler schaffen es tatsächlich, Sophie und mich auf die Bühne zu schleppen. Jeweils zu sechst heben sie uns hoch und tragen uns vor das Jury-Team. Dort setzen sie uns vorsichtig auf die Füße und treten zur Seite, damit man uns sehen kann.
Im Publikum stehen nun alle, immer noch applaudierend und jubelnd. Ich entdecke Harry, der wir so viel zu verdanken haben. Sie umarmt Schulleiter Lampe, der nicht recht zu wissen scheint, wie ihm geschieht, und tanzt mit ihm im Kreis.
Sophie und ich fassen uns an den Händen und verbeugen uns.
Dann fühle ich eine Hand auf der Schulter. Als ich mich umdrehe, sehe ich direkt in das Gesicht des Moderators. Er ist zwischen Sophie und mich getreten. Links von mir taucht das Kamerateam auf.

Ob die auch die Szenen bei der Verkündung der Entscheidung gefilmt haben?
Oh Mann, ich darf gar nicht daran denken, wie dämlich ich ausgesehen hab, als ich so ausgeflippt bin vor Freude.
„Die Jury ist sich sicher, dass auf euch beide eine große Karriere wartet." Irgendwer hat Janoschs Vater den Preis gebracht, zwei aus Plexiglas gebildete Noten, auf die in Gold eingraviert ist „Gewinner des Jugendmusikwettbewerbs". Er überreicht eine der Trophäen mir, die zweite Sophie.
Sophie und ich sehen uns an, ich bilde lautlos mit den Lippen „eins, zwei ... und drei" und im gleichen Augenblick heben wir die Trophäen mit beiden Händen über unsere Köpfe.
Das ist der Augenblick, in dem es auch dem Moderator mit seinem Mikrofon nicht mehr gelingt, den Lärm zu übertönen.
Unsere Mitschüler umringen uns, weitere Fans – Fans! – drängen auf die Bühne und ich komme aus dem Umarmen, Händeschütteln und Schulterklopfen gar nicht mehr heraus.
Es ist ein einziges großes verwirrendes wundervolles Chaos.
Inmitten des Trubels blicke ich auf einmal in ein Paar

meergrüne Augen und erkenne sie merkwürdigerweise sofort. Alexander, der Frontmann der Sweetboyz, hat sich den Weg zu uns erkämpft. Er streckt mir die Hand hin. Ich muss den Kopf in den Nacken legen, weil er so groß ist. Ich sehe, dass auf seinem Gesicht immer noch dieses Lächeln liegt, als hielte er das alles hier für einen Riesenspaß.

Macht es ihm wirklich nichts aus, dass seine Band nicht den ersten Platz gemacht hat? Die Jungs haben doch auch ihr Bestes gegeben.

„Respekt“, sagt er, als er meine Hand nimmt und fest drückt. Seine Finger fühlen sich warm und fest an, sein Blick ist aufrichtig, sein Lächeln zum Dahinschmelzen.

„Danke … Alexander“, sage ich und erwidere sein Grinsen. Eigentlich sollte ich jetzt sagen, dass sein Auftritt auch nicht schlecht war … aber irgendwie kommt kein Ton. Ich will es gerade noch einmal versuchen, als ihn seine Kumpel Leo und Nils zu einem Pulk von Mädchen ziehen, die im Zuschauerraum stehen und Autogramme von den Jungs wollen.

Doch bevor Alexander sich wegschleifen lässt, dreht er sich noch einmal um und zwinkert mir zu.

Hab ich schon erwähnt, dass dies der beste Tag meines Lebens ist?

Ein Abschied und ein Anfang

Mitte September dreht der Sommer noch einmal richtig auf. Die Villa und der Garten nehmen inzwischen Formen an. Das Gebäude ist neu verputzt und das Türmchen wirkt gar nicht mehr so schief wie am Anfang. Hat das jemand gerichtet?

„Nein“, erklärt mir Mama lachend, „das ist eine optische Täuschung.“

Im Türmchen hat Mama mit einem Vorhang, ganz vielen Kissen und einer runden Matratze eine Kuschelleseecke eingerichtet, die zu meinem Lieblingsplatz in der Villa geworden ist. Durch die Fenster hat man einen Blick über die Landschaft und kann sogar dem Sonnenuntergang zusehen, während man schmökert. Aber nicht nur der Türmchenplatz ist urgemütlich – die Villa hat so viele Ecken und Winkel und Mama richtet unermüdlich alles behaglich ein.

In den letzten Tagen frage ich mich allerdings immer

öfter, warum sie all diesen Aufwand betreibt? Wenn das Haus fertig renoviert ist, wird es wieder verkauft. Vielleicht stehen die neuen Besitzer nicht auf kuschelig, sondern auf kühl?
Dann war all die Mühe umsonst.
Wenn mir im Juli jemand gesagt hätte, dass ich im September ein schummeriges Gefühl im Bauch habe bei dem Gedanken daran, dass wir hier wieder ausziehen, ich hätte schallend gelacht.
Aber genau so ist es gekommen.
Ich will hier nicht weg. Das liegt an diesem Haus, an meinen Mitschülern in der 6b, an Sophie und ein winzig kleines bisschen auch an Alexander.
An diesem Wochenende steigt in unserem Garten eine Abschiedsparty. Ein Abschied vom Sommer und leider auch von Oma Meggie und Opa Rainer.
Dass die beiden morgen endlich zu ihrer Griechenlandtour starten, wird in meiner Familie mit einem lachenden und einem weinenden Auge gesehen.
Bei mir eher mit Frust als mit Fröhlichkeit. Von mir aus könnten Oma und Opa für immer hier in unserem Garten campieren, bis sich wucherndes Gras und blühende Rankpflanzen um die Karosserie des Busses geschlungen haben. Aber immerhin sind sie statt der geplanten zwei oder drei Wochen ganze sieben geblie-

ben. Sieben Wochen, in denen sich mein Leben komplett verändert hat.
Außerdem, meint Oma, sind sie und Opa ja nicht aus der Welt. Über Skype würden sie alle paar Tage nach dem Rechten sehen. Wenn einer von uns „Alarm!“ schreit, stünden sie in Überschallgeschwindigkeit auf der Matte.
Ich höre nur mit halbem Ohr hin, wie Mama, Papa, Theo und Tony, Oma Meggie und Opa Rainer sich mit Tatik und Papik unterhalten. Nachdem ich Sophies Großeltern zunächst höflich mit „Frau und Herr Belasan“ angeredet habe, haben sie mir lachend angeboten sie ebenfalls so zu nennen wie Sophie. Das tue ich zu gern.
Sophie und ich sitzen im Gras. Auch Pia ist wieder übers Wochenende zu Besuch gekommen. Sie lästert zwar immer noch gern über das Landleben, aber ich habe den Verdacht, dass sie sich hier wohler fühlt, als sie zugeben mag. Ich kann sie gut verstehen.
Gemeinsam spielen wir mit Mieze, der jungen Labradorhündin. Die hat Mama letzte Woche aus dem Tierheim geholt. Weil hier ja genügend Platz ist. Auf den Wiesen und in den Beeten rund ums Haus fühlt sich der Babyhund wie im Paradies. Bleibt nur zu hoffen, dass das neue Haus, das Papa und Mama renovieren

wollen, wenn die Villa erst verkauft ist, genauso viel Auslauf bietet.
Die junge Hündin ist Zucker. Sie ist total verspielt, kann gar nicht genug davon bekommen, hinter Stöckchen herzuhechten, Löcher in den Beeten zu buddeln und den Maulwürfen aufzulauern. Sitz und Platz kann sie auch schon.
Kater Rex findet das alles nicht so lustig. Aber sein Interesse an dem Familienzuwachs kann er auch nicht verbergen. Er thront auf einem starken Ast im Pflaumenbaum, sein buschiger Schwanz hängt baumelnd herab, während er ein Auge geschlossen, das andere in unsere Richtung geöffnet hat. Seine Ohren gehen wie Satellitenschüsseln, um nur ja nichts zu verpassen, während er so tut, als würde er pennen.
Beschnuppert haben beide sich zwar am ersten Tag und heftig mit den Schwänzen gewedelt. Nur bedeutet das bei Hunden: Ich hab dich lieb und will spielen. Und bei Katzen: Verzieh dich, Schleimer, oder es setzt was. Aber die beiden werden sich schon aneinander gewöhnen. Warum sollte es bei Tieren anders sein als bei Menschen?
„… der Wohnungsmarkt starken Schwankungen unterlegen“, höre ich Papa. Mensch, was ist denn jetzt schon wieder? Weshalb das Kauderwelsch? Ich spitze

die Ohren. „Das würde eine nicht unwesentliche Beschneidung unserer Lebensqualität bedeuten."
Tony kullert mit Mieze durch das Gras und juchzt vor Freude. Na, wenn jetzt nicht mal zufällig ihr Ben vorbeispaziert und sie so sieht. Das wäre ihr bestimmt megapeinlich. Als Übersetzerin fällt sie für den Moment jedenfalls aus und ich muss selbst sehen, wie ich dahintersteige, was Papa eigentlich sagt.
So wie alle sich freuen, muss es etwas Gutes bedeuten. Sogar Tatik legt ihr Täschchen zur Seite und schüttelt Mama die Hand. Sie zeigt fröhlich lächelnd ihre Schneidezähne und nimmt einen winzigen Schluck Sekt aus dem Glas.
Haben die sich nicht schon vorher begrüßt?
„... beinahe Nachbarn", sagt Mama.
Wovon reden die denn da? Wissen alle Bescheid, nur ich krieg es mal wieder nicht auf die Reihe? Was denn nun? Mama bemerkt meinen fragenden Blick. Sie klatscht in die Hände, um auch Tony und Theo aufmerksam zu machen.
„Für diejenigen, die es sich noch nicht denken können. Die Renovierung ist bald abgeschlossen. Geplant war eigentlich, dass wir die Villa demnächst verkaufen ..." Sie schaut Papa an. Er zwinkert und Mama fährt fort. „Aber wir haben beschlossen dieses Traum-

haus keinem anderen zu überlassen. Wir wollen hier wohnen bleiben, werden künftig freiberuflich arbeiten und nach Berlin pendeln, wenn nötig. Hat irgendjemand Einwände?"

Freudengeschrei bricht aus. Tony springt Mieze lachend hinterher, die bellend und schwanzwedelnd an Rex' Pflaumenbaum kratzt, ohne dass sich der Kater regt. Oma Meggie packt Theo bei den Händen und wirbelt ihn im Kreis herum. Und Sophie und ich springen auf, um uns zu umarmen.

Nur Pia bleibt sitzen und mault. „Och, Menno, dann ist es jetzt endgültig."

Ich ziehe sie hoch. „Mensch, Pia. Nach Berlin wären wir sowieso nie mehr gezogen. Höchstens noch weiter weg. Sibirien oder Kasachstan. Aber wenn wir hierbleiben, können wir uns so oft sehen, wie wir wollen. Birkensee ist ja nicht hinterm Mond."

Endlich begreift es auch sie und wir drei Mädchen tanzen fröhlich herum, während Sophie und ich noch einmal unseren Siegersong *My way* grölen.

Klar, dass ich heute nicht jeden Ton treffe. Aber die Botschaft versteht jeder.

Ich bin glücklich.

Wir setzen uns wieder auf die Wiese, die Beine im Schneidersitz angezogen.

„Dann könnt ihr jetzt ja langfristig planen“, überlegt Pia. „Wollt ihr nicht eine Girlsband gründen? Frida und die Sweetgirls?“

Sophie und ich wechseln einen Blick und schütteln die Köpfe.

„Nee“, erwidere ich, „das klingt, als wollten wir den Sweetboyz nacheifern. Dabei haben wir doch unseren eigenen Stil. Immerhin ist unser Blümchengesang extrem gut angekommen.“ Das war laut genug, dass Tony es mitbekommt, die jetzt ein paar Meter entfernt über ihr Handy gebeugt hängt. Die muss ihrem Ben – oder wer immer gerade ihr Freund ist – gleich die frohe Botschaft überbringen. Meine Mädels kichern. „Du meinst, Girlsband … weil … magst du vielleicht auch mit uns Musik machen?“ Sophie. Manchmal erstaunt es mich, wie einfühlsam sie Schwingungen zwischen den Sätzen heraushört. Klar, sie hat Recht! Pia wäre bestimmt gern dabei.

Doch meine Berliner Freundin schüttelt den Kopf. „Dafür bin ich nicht gut genug. Ich habe gerade erst mit Geige angefangen und ich weiß nicht, wie lange ich den Unterricht noch durchziehe. Das ist ziemlich stressig. Aber …“, sie grinst wie ein Kobold, „… beim Stylen und Texten, da helfe ich euch gern. Das kann man auch übers Internet.“

Was das Stylen angeht, haben wir das Übelste inzwischen hinter uns. Gleich am Tag nach unserem Auftritt habe ich Sophie mit den Tüten besucht, die mir Tony in die Arme gedrückt hat – „Hier, die Klamotten könnt ihr behalten, falls weitere Auftritte anstehen“ –, ihren Kleiderschrank gründlich inspiziert und neu bestückt. Ein paar Teile, von denen man Augenkrebs kriegt, habe ich kurzerhand aussortiert – die Rüschenbluse, den Glockenrock, die Lackschuhe, die Fransenweste. Und was ich sonst noch in ihrem Schrank fand, habe ich in Kombinationen mit den neuen Teilen von Tony auf Sophies Bett gelegt und ihr Vorschläge gemacht, wie sie sich künftig etwas unauffälliger anziehen könnte.
Am Ende hat Sophie mich umarmt und sich tausendmal bedankt. Dabei war es am Ende nicht mehr als ein kleiner Freundschaftsdienst – die Modequeen der Schule wird Sophie sicher nie werden. Aber wenn jetzt einer weniger über sie lacht, hätten wir viel gewonnen. Dass Isabel, Marit und Klara schon aus Tradition heraus an ihrer Abneigung gegenüber Sophie festhalten werden, steht allerdings auch fest.
Na ja, ich bin inzwischen Meisterin darin, zwischen allen irgendwie herumzuhangeln, und wenn es mal wirklich ernst werden sollte, weiß ich, zu wem ich halten würde.

Im neuen Outfit sind wir dann am selben Abend gleich zur Klassenfete gestiefelt. Die hat Janosch organisiert, weil doch an diesem Tag das Special von Kids-TV gezeigt wurde. Er hielt es für eine gute Idee, dass die komplette 6b sich das gemeinsam ansieht.
Ich hielt das zwar für die schlechteste Idee des Jahrhunderts, aber mich als Hauptdarstellerin in dem Film von der Party auszuschließen ging gar nicht.
So musste ich da durch und wieder einmal zeigte sich, dass die Sorgen, die man sich vorher macht, viel schlimmer sind als alles, was tatsächlich passieren kann.
Der Film war genial.
Nicht in jeder Einstellung sah man mich von meiner Schokoladenseite, klar. Aber – was soll's?
Das bin ich, Frida Thun, das Mädchen, das singen kann, das vielleicht nach der Schule ein Musikstudium und eine Gesangsausbildung beginnen will, das Mädchen, das innerhalb von Rekordzeit nicht nur eine zweite beste Freundin gefunden hat, sondern gleich noch eine in großen Teilen gar nicht so üble Klassengemeinschaft dazu.
Hab ich Grund, mich zu beschweren?
Ich denke nicht.
„Wie geht es jetzt weiter mit euch?“, will Pia wissen.
„Na ja, so richtig eingetütet ist noch nichts, aber es

gab ein paar Anfragen wegen Stadtfesten und so was …"
„Was wir aber absagen werden", fügt Sophie an. „Mir hat die Aufregung einmal gereicht. Ein zweites Mal tue ich mir das nicht an. Ist es nicht viel schöner, wenn wir beide nur für uns üben und Songs komponieren, Frida?"
Kälbchenblick.
Nun, ich sehe das anders.
Ich bin auf den Geschmack gekommen.
Das Feeling auf der Bühne war zu gut, um es nur einmal erlebt zu haben. Noch besser war der anschließende Applaus. Daran könnte ich mich glatt gewöhnen. Sophie offenbar nicht. Aber ich bin ganz zuversichtlich, dass ich sie da noch bequasseln kann.
„Wisst ihr schon, wovon euer nächster Song handeln soll?", will Pia wissen.
Diesmal sind Sophie und ich uns einig.
„Wir schreiben ein Lied über allerbeste …", beginnt Sophie und grinst. „… Freundinnen", ergänze ich und falle lachend ins Gras, als Mieze mich aus vollem Lauf heraus anspringt und umwirft.

Frida singt weiter! Wer wissen will, wie es mit ihr weitergeht, kann hier schon einmal in das nächste Buch reinlesen: *Frida on Stage*.

Ich habe mir Text und Noten eines Songs heruntergeladen, den eine der Kandidatinnen in der letzten Castingshow versemmelt hat. Schon als ich ihr mit schmerzenden Ohren zugehört habe, dachte ich, dass ich unbedingt einmal selbst probieren möchte, ob ich die tiefen Töne ebenso sicher hinbekomme wie die ganz hohen und wie das Lied zu meiner Stimme passt. Um mich selbst zu überprüfen, singe ich an diesem Nachmittag in meinem Zimmer ins Mikro und zeichne meinen eigenen Gesang mit einem speziellen Programm auf, das Tony mir kostenlos heruntergeladen hat. Ja, manchmal macht sie solche Sachen. Ganz ohne Hintergedanken. Dafür liebe ich sie.
Es klingelt an der Tür.
Ein Stromschlag rast von meinem Herz gleichzeitig in die Fingerspitzen, Zehen und bis zum Scheitel. Wahrscheinlich stehen meine Haare zu allen Seiten elektrisch ab.
Ach du himmelblaue Hühnerkacke! Ich habe Harry

total vergessen! Nicht nur, dass sie heute vorbeikommen wollte zu diesem Gespräch, das mein Leben verändern könnte, ich habe auch meine Eltern kein bisschen vorbereitet. Ich Esel!
Zehn Minuten später sitzen Mama, Papa, Harry und ich vor Tee und Keksen. Meinen Eltern ist deutlich anzumerken, dass sie sich über die Situation wundern. So überraschend taucht eine Lehrerin hier auf, und dann noch nicht einmal eine für die Hauptfächer, sondern für Musik?
Schon irgendwie traurig, dass sie nicht auf die Idee kommen, dass es um mein Talent als Sängerin geht.
„Frau und Herr Thun, Sie werden sich denken können ...“, beginnt Harry.
Nee, können sie nicht.
„... dass es mir um die Begabung Ihrer Tochter geht. Sie haben sie beim landesweiten Musikwettbewerb der Schulen erlebt. Auf der Bühne hat sie bewiesen, dass sie über außerordentliches Gesangstalent verfügt.“
Ich sehe, dass mein Vater die Schultern strafft, ein Was-bin-ich-stolz-Lächeln auf den Lippen. Auch Mama lächelt, aber sie hat nur eine Braue hochgezogen, was ich nicht so recht deuten kann. Beiden ist anzusehen, dass sie darauf warten, worauf Harry hinauswill.
„In unserer Schule haben wir im Lehrerkollegium ein

waches Auge auf hochbegabte Kinder und Jugendliche", fährt Harry fort. „Es gibt Förderprogramme für technisch-mathematisch Begabte, aber auch im künstlerischen Bereich bleiben wir nicht untätig, wenn wir Talente entdecken. Meine Kollegen und ich sind uns einig, dass ihre Frida", sie nickt mir lächelnd zu, „eine spezielle Ausbildung erhalten sollte. Es wäre eine Schande, wenn man ihrer Begabung nicht besondere Aufmerksamkeit zukommen ließe."

Mama und Papa wechseln einen Blick. Das stolze Lächeln ist verschwunden und hat einem wachsamen Ausdruck auf Papas Gesicht Platz gemacht. Mama wirkt eher irritiert.

„Wir denken, dass es für Ihre Tochter gut wäre, gezielt Unterricht zu erhalten. Gesangsunterricht." Harry zwinkert mir zu. „Traditionell übernimmt so etwas ein Gesangslehrer, die Jugendlichen nennen das Vocal Coach …"

Das magische Wort: *Vocal Coach*. Ich lasse den Blick nicht von meinen Eltern, meine Finger zittern ein bisschen und ich habe das Gefühl, dass sich in diesen Sekunden mein Schicksal entscheidet. *Bitte, sagt jetzt das Richtige!*

Eine Schule im Schloss

Carlotta ist gar kein Prinzessinnen-Typ.
Wie soll sie es da nur im Internat auf Schloss Prinzensee aushalten? „Nur auf Probe! Und höchstens für ein Jahr!", sagt Carlotta sich. Dann wird ihr Vater seine Weltreise gemacht und seinen Dokumentarfilm gedreht haben und Carlotta kann wieder zu ihm. Aber bis es so weit ist, wird ihr Leben erst einmal ordentlich auf den Kopf gestellt. Im Internat ist man nämlich nie alleine – und muss sein Zimmer mit äußerst merkwürdigen Mädchen teilen.

Dagmar Hoßfeld
Carlotta, Band 1:
Carlotta – Internat auf Probe
224 Seiten
Taschenbuch
ISBN 978-3-551-31142-9

www.carlsen.de

CARLSEN